AI 智能版

青少年文学名著阅读系列

快乐读书吧

顾问　顾之川

（著名语文教育专家）

中国民间故事：田螺姑娘

王　健 / 编

卢新元 / 批注

商務印書館国际有限公司

中国 · 北京

图书在版编目（CIP）数据

中国民间故事：田螺姑娘 / 王健编；卢新元批注.
北京：商务印书馆国际有限公司, 2024. 7（2024.8重印）.
（青少年文学名著阅读系列）.
ISBN 978-7-5176-1102-8

Ⅰ. I277.3

中国国家版本馆CIP数据核字第2024Y6U666号

ZHONGGUO MINJIAN GUSHI:TIANLUO GUNIANG

中国民间故事：田螺姑娘

编　　者	王　健
批　　注	卢新元
出版发行	商务印书馆国际有限公司
地　　址	北京市朝阳区吉庆里14号楼 佳汇国际中心A座12层
邮　　编	100020
电　　话	010-65592876（编校部） 010-65598498（市场营销部）
网　　址	www.cpi1993.com
印　　刷	河北星强印刷有限公司
开　　本	787mm × 1092mm　1/16
字　　数	169千字
印　　张	10
版　　次	2024年8月第1版第2次印刷
书　　号	ISBN 978-7-5176-1102-8
定　　价	39.80元

阅读指导与规划

本书收录了多篇耳熟能详的经典中国民间故事，或是讲述名人典故，或是杜撰神怪传说，通过这些民间故事，我们可以窥探到先民朴素的情感表达以及对美好生活的向往之情。借助思维导图，我们可以初步感知本书的主要内容。

《中国民间故事：田螺姑娘》

- 与历史人物有关的故事
  - 《华佗的故事》
  - 《包公的故事》
- 以动物为主人公的故事
  - 《兔儿爷》
  - 《小白马的故事》
- 与神仙有关的故事
  - 《八仙过海》
  - 《吕洞宾喜牡丹》
- 与风景名胜有关的故事
  - 《阿里山》
  - 《镜泊湖》

本书还有一些富有趣味的阅读测评等着你来挑战。

阅读贵在坚持，一份激励自己的阅读计划也必不可少。请你按照下面的规划，去看看充满奇幻色彩的民间故事吧！

阅读时间	阅读内容
2 天	从《八仙过海》到《湘妃竹的来历》
2 天	从《宝莲灯》到《包公的故事》
2 天	从《木兰从军》到《唐伯虎的传说》
2 天	从《唐伯虎对对子》到《郑板桥巧断家务事》
2 天	从《兔儿爷》到《傣家竹楼的故事》
2 天	从《阿凡提的故事》到《神医侍司懿》
2 ~ 3 天	完成阅读测评和核心素养阅读任务，回顾自己喜欢的故事

前 言

摆在广大读者朋友面前的这套“青少年文学名著阅读系列”丛书，包括一至九年级学生的必读图书，是由商务印书馆国际有限公司推出的。这套丛书努力贯彻《义务教育语文课程标准（2022年版）》的基本理念，紧密配合语文教材“快乐读书吧”和“整本书阅读”的推荐阅读书目进行设计，着眼于培养阅读兴趣，掌握阅读方法，养成阅读习惯，拓宽阅读视野，有助于提高学生的语文核心素养和关键能力，进而引导学生多读书、好读书、读好书、读整本书，因而是一套为中小学生量身定做的课外读物。

在我看来，这套丛书具有以下几个特点：

一是科技助力语文学习。丛书最大的亮点，是将最新的数字技术融入语文学习，借助AI智能助手，让数字人智能伴读，可以随时随地为学生答疑解惑。小学必读图书配备全本音频，扫一扫篇章上方的二维码即可收听。同时，还专门邀请小演员拍摄了课本剧。这样一来，阅读就不再是一种额外负担，而是学生学习生活的一部分，让他们感到亲切、有趣、自然，在课外阅读实践中启智增慧，增强阅读的情感熏陶和快乐体验。

二是精准满足读者需求。丛书依托富有教学经验的语文名师团队，精心设计，倾力打造，对从小学到初中的语文学习进行一体化设计、精准式引导。除一、二年级的必读图书外，对阅读文本随文批注，进行精读、精批、精析，同时基于语文学习任务群要求，解读全书，精准指导阅读整本书，深入浅出，洞幽烛微，阐释翔实，切中肯綮。针对中小学生学习需求，小学低年段运用音频，帮助学生识字、掌握字词，然后逐步加深；小学高年段（亦有音频）和初中段配备优秀教师录制的视频课，解决阅读中的疑难问题。选取经典篇目改编为剧本，制作成课本剧，寓教于乐。初中学段还注意萃取相关知识点和能力点，贴近中考命题实际，提供配套资源，增加了丛书的针对性、科学性和实用性。

三是呈现方式新颖活泼。丛书针对中小学生年龄和心理实际，不仅设计了阅读规划、思维导图、活动插页、阅读心得、阅读测评、学习任务群等，还有效运用音频、视频、课本剧等形式。比如，小学必读图书在篇章之间穿插符合本学段学习目标的趣味性阅读活动插页，如“情节七色花”“拼音变魔术”“组字游戏”“量词选一选”等，以游戏化的活动考查，加深对已读章节或篇目在拼音、词汇等方面的理解掌握。这无疑能够充分调动学生的阅读兴趣和参与积极性，在阅读、思考、写作、口语交际等语文实践中，提高相应的能力。

语文是中小学的一门重要课程，通过学习国家通用语言文字，学生可以汲取前人经验智慧，积累知识，增加学识，增长见识，腹有诗书气自华，从而充实内心，让自己变得聪明和强大。语文教学说复杂也复杂，说简单也简单。学好语文，离不开多读书、勤思考、勤练笔、多实践。

尽管新课标提出许多新名词、新理念、新方法，像什么大概念、大单元、大情景，还有什么跨学科学习等，令人眼花缭乱，应接不暇，但在我看来，语文教学无非就是三件事：识字、读书和作文，只要能把这几件事真正做好、落实，也就抓住了根本和关键。在不同学段当然有不同的侧重点。

小学语文首先要从识字抓起，包括认准字形、读准字音、正确书写、掌握字词义，并能灵活运用。学生认识了一定数量的字，必定会自己找书来读，这就自然过渡到阅读。读了书，就会有所思所感，需要合适的宣泄和表达的出口，要么说出来，要么写下来，这就又自然过渡到口语交际和文字写作。不管是口语交际还是文字写作，都是为了表达和交流。只有表达清楚明白，才能达到交流目的。所以小学要做到：字要清清楚楚地写，话要明明白白地说，书（特别是课文）要仔仔细细地读，作业（包括作文）要认认真真地完成。我们特别要注意激发学生的联想力、想象力和创造力。

到了初中阶段，识字已经不再是主要任务，语文教学就要想方设法帮助学生在阅读鉴赏、表达交流、梳理探究上拓展，引导他们读好“三本书”，既要读“有字之书”，也要读“无字之书”和“心灵之书”；写好“两篇文”，即“规矩文”和“放胆文”；养成四个好习惯，即勤于阅读、乐于表达、深入思考和自主学习。

到了高中阶段，就要有意识地培养六大关键能力，即阅读理解、信息处理、应用写作、语言表达、独立思考和综合运用的能力，进一步拓展阅读的宽度、表达的厚度以及思维的深度和广度。需要特别指出的是，在这六大关键能力中，独立思考和综合运用能力尤其重要，它们不仅是学生将来继续深造所需的基本能力，也是他们日后能否创新创造的重要基础。培养独立思考能力，不能靠被动接受理解和记诵式学习，必须具有逻辑思维、批判性思维和辩证思维等高阶思维能力，能够对成说定论质疑探究，对新说多方求证辨析，思考评价也要更加客观理性，不人云亦云，也不剑走偏锋。其中，辩证思维有助于在联系和发展中把握对象，在对立统一中认识事物，全面立体多角度思考问题。综合运用能力，不仅指对语文知识的运用能力、阅读材料的分析能力、语言文字的表达能力等语文综合素养的运用，还体现在语文运用是知识、能力、素养的综合，必须将语文听说读写与社会实践相结合，学用一致，知行合一。不仅要"风声雨声读书声，声声入耳"，还要"家事国事天下事，事事关心"。

这套丛书贴近时代、社会和学生学习实际，贴近学习探索问题情境，并提供了不少具体案例，为学生创造了综合运用的机会，有助于他们在交流中展现才华，在讨论中分享智慧，在争辩中接近真理。我相信，一线教师定能从中受到启发，改进课堂教学，提高教学效率和质量。学生也定能从中对照检查，查缺补漏，进一步夯实语文基础，提高语文核心素养和关键能力。

顾之川

2024 年 5 月 8 日于两不厌居

人物简传

鲁班

鲁班被誉为中国木匠的鼻祖，在民间流传着许多关于他的故事和传说。鲁班不仅是技艺高超的工匠，还是一位发明家，他发明了许多木工工具，如角尺、刨子、木钻等。成语“班门弄斧”，说的就是在鲁班的门前摆弄斧子，比喻在行家面前卖弄。

传说鲁班还是一位教徒有方的名师。在本书的故事里，为了让自己的徒弟懂得“人外有人，天外有天”的道理，成为一个技艺高超、品德高尚的工匠，鲁班可谓煞费苦心，他苦口婆心地“言传”，不厌其烦地“身教”，最终让弟子张半幡然悔悟。

人物简传

华佗

幼年时的华佗，父亲早逝，与母亲相依为命。后来，母亲病死，他决定投师学医、治病救人。他告别了父老乡亲，历尽千辛万苦，终于来到西山琼林寺治化道人处学医，先是经过三年侍候病人的磨炼，后又经过三年对医书药典的研习，最终医术有成。在通过师父治化道人的考验后，华佗艺成下山。

在行医济世的过程中，华佗没有止步不前，而是不断地积累经验，拜师学艺，最终成为名震天下的一代名医。

人物简传

包公

北宋名臣，我国历史上有名的清官，铁面无私，英明决断，也被称为“包青天”。为官期间，他始终坚持“为官一任，造福一方”的理念，为百姓做了很多好事。同时，他用卓越的智慧，为老百姓解决了很多难题。

在天长县任知县时，他带领老百姓把一个光秃秃、影响百姓生活的黑土山，改造成了一座生机勃勃、美丽无比的胭脂山。

包公的办案手法令人叹服：为了抓住偷铜钱的小偷，他开仓放粮，将米以一文钱一升的价格卖给百姓。包公命人搬来一只大木盆，盛上水，让买米的人把铜钱投入盆中，最后通过水中浮起来的油抓住了小偷。

目录

精读精析

核心素养阅读任务

精读精析

八 仙 过 海

扫码获取音频

引言

八仙位列仙班后，参加了王母娘娘的蟠桃盛宴。在宴席上，傲慢自大的东海龙王为难八仙，想压他们一头。宴会结束，回蓬莱岛的路上，八仙路过东海，他们各显神通，使出法宝渡海。东海龙王使坏，捉住了八仙之中的蓝采和，引发了龙宫和八仙的一场大战。

八仙是民间神话里的八位仙人，分别是铁拐李、吕洞宾、蓝采和、张果老、汉钟离、曹国舅、韩湘子和何仙姑。

八仙原本是凡人，他们各有特长，在人间时就名气很大、为人称道，经过仙界认可，他们也列入仙班了。

农历三月初三是王母娘娘的生日，每一年的这一天，天宫都要举办蟠桃盛会，各路神仙都来赴宴。这一年，刚刚位列仙班的八仙也接到了王母娘娘的邀请。

这一天，天宫中祥云霭霭，仙乐飘飘，众仙品着佳肴、吃着仙桃，十分热闹。这时，东海龙王起身问道："听说今年仙界吸收了八位新朋友，他们在哪里呢？"

王母娘娘伸手一指。众仙顺着手指的方向看去，原来，八仙围坐在角落的一张方桌旁。这张方桌四边相等，

我的批注

每边可坐两人，后世所说“八仙桌”即由此而来。因为初来乍到，没有神仙与他们交好，他们这一桌显得怪冷清的。

其实，八仙就住在东海蓬莱岛，东海龙王怎么会不知道？但他觉得自己是东海之主，八仙是小字辈，怎么配与自己平起平坐？因此，他想当着仙界所有神仙的面压八仙一头。他继续说：“这几位新朋友都怎么称呼呀？看你们相貌不凡，都有什么本事呀？”

说完，东海龙王哈哈大笑起来，也有一些神仙跟着他哧哧地笑。原来，八仙刚列入仙班，还穿着凡间的衣服，行为举止也不像久入仙籍的人那样潇洒飘逸。

八仙中的大哥铁拐李站了起来。他黑脸蓬头，破衣烂衫，瘸着一条腿，拄着一根铁拐杖，身后背着一个大葫芦，完全是一副叫花子的打扮。他说：“我叫铁拐李，本事倒不大，但我这铁拐杖有降龙伏虎之力，这葫芦有吞天纳地之能。”

“降龙？”东海龙王跳了起来，气鼓鼓地说，“狂徒，竟敢在我面前说什么降龙！”

“龙王，息怒，息怒。”众仙安慰着龙王说，“他还说什么吞天纳地，无非是说大话嘛，别当真。”

铁拐李旁边坐着一位面目清秀、风度翩翩的仙人，他微笑着站了起来，向众仙点头致意，说道：“在下吕洞宾，平生最爱喝酒吟诗，此外，也就是会吹吹曲子。”说着，他将从不离手的玉箫放在嘴边，用眼神示意对面的一位仙人。

那人穿着一身破烂蓝衫，一只脚穿着靴子，另一只脚光着，是一个潦倒道人的打扮，不过，他拿的笛子倒是世间罕见的珍品。他站起身来，抱拳说道：“我叫蓝采和，最爱与吕兄笛箫合奏。”

人物剖析

“相貌不凡”实际是嘲讽八仙，“有什么本事”言外之意是他们的本事不值得一提。东海龙王想用嘲讽的言语让八仙丢掉颜面，傲慢使他看不到他人的长处，甚至还产生欺压他人、损害他人的心思。通过这段描写，可知东海龙王过于傲慢，自视甚高。

情节解析

此处是故事的重要情节，铁拐李的话激怒了东海龙王，此后七仙便主动将姿态放低，不再说自己的本事，以免在仙界树敌。

说完，吕洞宾吹箫，蓝采和吹笛，两人合奏了一曲。

这下，更多的神仙暗自摇头，低声说："这算哪门子本事，仙界里随便找个宫女都会弹奏仙乐呀！"

这时，八仙中那位白发白须、总是笑眯眯的老者站起来说道："老朽叫张果老，本事是没有的，只是爱骑着我的小驴四处找酒喝。平生唯有品酒最快活，四处闲逛最逍遥，你们说是不是？"

众仙又暗自摇头，他们一齐望向张果老旁边的人。张果老是个笑容可掬的小老头儿，这位却是个威武的大将军模样，红脸豹眼，留着大胡子，挺着大肚子，头上梳着两个大抓髻，手摇棕扇，模样倒很威武。

他站起身来，瓮声瓮气地说："俺叫汉钟离。"说完他就坐下喝酒了，那直来直去的言语，越发显得他像个赳赳武夫。

汉钟离一端起酒杯，他对面那位官员打扮的人也端起了酒杯。这人穿着一身红袍，头戴纱帽，左手捧着朝笏，右手举着酒杯和汉钟离碰了碰杯。他站也没站，更不看众仙一眼，而是将酒杯凑近鼻子，美美地闻了闻酒香，自言自语道："本官曹国舅。"说完，他就浅浅地喝了一口，看那做派，倒真像个目中无人的大官。

众仙看汉钟离和曹国舅爱搭不理的样子，已有些恼怒，这时，八仙中余下的两位年轻人站了起来。他们是一男一女，男人身边放着一篮鲜花，女人手持一茎初放的荷花，他们满面春风，笑吟吟地施礼道："晚辈韩湘子、何仙姑，平生最爱花。"

东海龙王哈哈大笑，说："爱花也能做神仙，只怕天上的奇花异草你们都没见识过吧。"说完，他又招呼众仙饮酒去了。

八仙这一桌还是冷冷清清的，他们八个说说笑笑，

词句赏析

"掬"的意思是用手捧住，"笑容可掬"形容笑得很明显，脸上一直挂着笑的样子。这句话写出了张果老满面笑容、平易亲和的样子。

互相敬酒，看着好像是对刚才发生的事情不以为意，但心里都有些别扭。

宴会结束后，八仙要返回蓬莱岛，他们腾云驾雾，来到东海边。

吕洞宾稍微有些醉意，他说："各位仙友，今日之事，我有些气愤难平，不如大家各使神通，漂洋过海，也让仙界看看我们的本事。"

众仙齐叫一声"好"。

铁拐李将葫芦抛到空中，瞬间它就变得巨大，落在海面。铁拐李说："我这大葫芦足以乘坐我们八人，谁愿与我同乘呢？"

汉钟离说："老兄，我这宝物也有如此神通，看我的——"话音未落，他把手中棕扇抛到海里，棕扇变成了一只漂在海面的大船。

韩湘子和何仙姑不甘落后，说："你们的船太过简陋了，看我们的。"他们把花篮和荷花抛到海中，它们变成了海中生出的花岛，很快就引来了各种飞鸟，围着花岛飞来飞去。

曹国舅的朝笏有辟水辟火的奇效，他持着朝笏大踏步而行，海面随着他的脚步开出一条通道。张果老笑眯眯地说："如此甚好，谁都知道我张果老倒骑驴，有这水道，我这小驴也就自己识得道路了。"

这时，蓝采和对吕洞宾说："吕兄，你踏着玉箫过海吗？"

吕洞宾微微一笑，说："我的玉箫倒是能变成船，不过，我想试一试最近练成的水上漂功夫，这玉箫嘛，我欲与贤弟再共奏一曲，以助我们兄弟渡海之雅兴，如何？"

众仙纷纷说"好"，蓝采和便跳上了铁拐李的大葫

人物剖析

吕洞宾在八仙中名气最大，仙术也数一数二，因此，他对宴席上的事情耿耿于怀。此处通过语言描写表现了吕洞宾不服输的性格特点。

芦，吕洞宾站在海面上如履平地，他们又奏起了笛箫，韩湘子站在花船中唱着歌应和。大家开开心心地往蓬莱岛的方向行进。

突然，海面波涛汹涌，翻天的巨浪一浪比一浪高，八仙的船颠簸不堪。原来，东海龙王得知八仙从海面经过，想给他们一个下马威，让他们难堪。

铁拐李的大葫芦十分光滑，在巨大的风浪之中，蓝采和一不小心，掉到了海里，被龙王捉到龙宫去了。

其他七仙收起了法宝，决定去龙宫要人。曹国舅手持朝笏走在前面，其他人紧随其后，直奔龙宫。

东海龙王派出龙宫的兵将前来应战。汉钟离挥舞棕扇，扇走了虾兵；吕洞宾用玉箫做兵器，打跑了蟹将；何仙姑的荷花绽放，挡住了鱼军师；韩湘子将花篮倒扣过来，困住了龟丞相；张果老骑着小驴直奔东海龙王，说来也怪，无论东海龙王跑得多快，小驴总是摇晃着脑袋，不紧不慢地跟着他。

东海龙王见势不好，调动了南海、西海、北海三海之水，都涌到东海来，想用水势压倒八仙。

铁拐李大怒，抛出大葫芦，念动咒语，大葫芦便把四海的水都吸走了。随后，他挺起铁拐杖朝东海龙王打来。

东海龙王这才知道八仙法力无边，看来，铁拐李说那铁拐杖有降龙伏虎之力，也不是虚言。他急忙求饶，说："贤弟，贤弟，不要动怒，是我不对，我过于傲慢，不懂得待人以礼，才铸此大错。"

救出了蓝采和后，八仙乘风破浪回蓬莱岛去了。从此，仙界也都知道了八仙的本事，再也没人小看他们了。

情节解析

东海龙王用言语嘲讽八仙，八仙尚能容忍，但他动武捉走了蓝采和，七仙会如何应对？此处是故事的核心情节，为下文埋下伏笔。

主题辨析

《八仙过海》的故事启示我们：在学习和生活中，我们不能傲慢自大，要尊重他人，懂得欣赏他人身上的优点，用谦虚的态度诚恳待人。

扫码获取音频

重 阳 登 高

引言

重阳节，正是金秋送爽、丹桂飘香的时节，宜登高望远、赏菊赋诗。登高是重阳节的重要习俗，相传这个习俗与一次避灾有关。

我的批注

在河南汝南县内流淌着一条河，名叫汝河。很久以前，这里五谷丰登，但这一年，庄稼马上要成熟了，却发生了怪事：鸡鸭成群地死去，体形健硕的牛马也都倒在地上喘着粗气，最后，人也害了病，医生都束手无策。

汝南县住着一个叫桓景的人，他家人也遭了怪病。年幼的孩子、年迈的父母和他的妻子先后病死了。他安葬了父母妻儿后，发现有一位老人幸运地躲过了一劫，便问："老人家，您可知道这是怎么回事？"

老人说："我年轻那会儿倒是在别的地方见过这种情况。当地人说，是河里有一个叫'瘟'的兽，每年入秋时节就要上岸找吃的。我看，可能是瘟兽来到汝河了。"

"那怎么才能除掉瘟兽呢？"

老人摇摇头，叹气道："咱们凡人斗不过妖魔，得请神仙帮忙。"

桓景下定决心去寻找神仙学艺。他翻过一座又一座山，蹚过一条又一条河，不知走了多少日夜，这一天，来到一座看起来荒无人烟的山下。桓景刚停下歇歇脚，便见一只鸽子飞到面前，不住地向他点头。桓景也向它点了点头。那鸽子便又飞起，在两三丈开外的地方落下，看着桓景，“咕咕，咕咕”地叫。

桓景走了过去，鸽子便又飞开两三丈，继续“咕咕，咕咕”。就这样，桓景被鸽子引着一步步上了山。突然，山里出现了一座碧瓦青砖的院子，鸽子停在院门的匾额上，桓景抬头一看，匾额上写着“费长房仙居”五个金字。

桓景隐约听到院中传来清幽的钟磬声，心知这必定是神仙的居所，便跪在门外。那鸽子“咕咕”叫了两声，扑棱棱飞到院子里去了。

桓景跪了两天两夜，第三天一早，院门开了，走出来一个老道长。他面容清瘦，一缕银髯飘散在胸前，他说：“我已知道你的来意，随我来吧。”

这道长就是费长房，他送给桓景一柄剑，说：“那瘟兽本是河龙王的儿子，因罪被天庭囚禁在河底，没想到他不知悔改，竟然跑到汝河为害乡里。对付他，得用这把斩蛇降龙剑。”

桓景每天不舍昼夜地练剑，转眼就将近一年了。这一天，费长房对他说：“今年九月初九，那瘟兽又要出来作恶。你须让家乡父老登高避祸，我另有两件法宝送给你。”说完，他给了桓景一包茱萸叶子，一瓶菊花酒。

桓景在九月初九的清晨赶到了家乡，他给乡亲们每人分了一片茱萸叶子，每人喝了一口菊花酒。说来也怪，那包茱萸叶子怎么分也不见少，那瓶菊花酒怎么喝也不见底。乡亲们登上一座高山后，桓景就坐在家中，等着瘟兽的出现。

正午时分，瘟兽“咚咚咚”地从汝河中走出来了，他开心地怪叫了一声，准备大快朵颐。突然，他闻到菊花酒气刺鼻，茱萸异香浓烈，这气味让他手软腿乏、心烦意乱。他冲着气味飘来的方向一望，见人们都聚在了高山上，不由得心中大怒。他口中吐出一口怒气，附近的鸡鸭便“咯咯咯”“嘎嘎嘎”地乱叫，很快，它们便抽搐着躺在地上，老牛、老马也随后卧下，痛苦地长鸣。

词句赏析

通过描写鸡鸭、牛马染病的状况，凸显瘟病的可怕，侧面表现出瘟兽的蛮横凶残。

瘟兽想找个人来发泄怒气，大步往村子中走来。只见桓景持着斩蛇降龙剑，镇定自若地走到街心，昂首挺立，冷冷地看着瘟兽。

瘟兽猛地扑上来，桓景将剑向上一挥，斩掉了他两根手指，将剑向下一斩，砍伤了他的脚。瘟兽怒吼一声，转过身去，却不是逃跑，而是使出他的绝技，用那门扇般的尾巴横扫桓景。桓景不慌不忙，躬下身子，将剑立在头上。那尾巴正扫在剑锋上，被斩为两截。瘟兽怪叫一声，拔腿就跑。桓景嗖的一下将斩蛇降龙剑掷向天空，只见剑在空中划了一道白光，落下处正中瘟兽的后心，将他钉在地上。

从此以后，再也没有瘟兽出来作怪了。后世人们将每年九月初九称为“重阳节”。在这一天，大家都喝菊花

主题辨析

传统节日往往寄托着人民安居乐业的美好愿望，今天我们过传统节日时，应该了解和体会它们的文化内涵。

酒、头插茱萸，登上高处，祈求风调雨顺、五谷丰登。

好词好句

好词摘录

镇定自若　昂首挺立

（摘录理由：写出了桓景面对瘟兽时的镇静。）

好句摘录

他翻过一座又一座山，蹚过一条又一条河，不知走了多少日夜，这一天，来到一座看起来荒无人烟的山下。

（摘录理由：写出了桓景拜师路上的艰辛。）

瘟兽怒吼一声，转过身去，却不是逃跑，而是使出它的绝技，用那门扇般的尾巴横扫桓景。

（摘录理由：写出了瘟兽力量的强大。）

扫码获取音频

梁山伯与祝英台

引言

古代，女孩是不能上学的。有一个聪明又好学的女孩叫祝英台，她想去读书，于是央求父母让自己进学堂读书。她想出女扮男装的主意，最终说服父母，到外地去求学。在学堂她遇到了梁山伯，他们一起在学堂学习了三年。后来，祝英台爱上了梁山伯，可是她的父亲却要把她嫁给另一个人……

人物剖析

此处通过对祝英台的动作和心理描写，展现祝英台聪明伶俐、向往自由的特点。

古时候，有一个美丽又聪明的女孩叫祝英台。她心灵手巧，不仅会女工，还擅长书法、绘画。当时，很多女孩都没有读书的机会，更不能去学堂读书。祝英台每天在绣楼上徘徊，望着远方。她很想再多读一些书，也很向往外面的世界。为了能够出门去读书，她想出女扮男装的主意，就扮成男子出现在父母面前。她的父母竟然一时间没有认出她来。祝英台央求父亲让自己去远离家乡的学堂上学，这样就更不容易被人认出来了。父亲见她考虑周到，又意志坚定，终于同意了。

于是，祝英台打扮成公子模样，和扮作书童的小丫鬟一起踏上了去往异乡的求学之路。一路上，她们翻过了一座座山，蹚过了一条条河，克服了重重困难。眼见着还有两三天的时间就可以到学堂了，祝英台却病倒了。小丫鬟急得团团转，只能暂时把祝英台安顿在路边的破庙里，自己去大路上碰碰运气求助。

小丫鬟远远地看到一位年轻公子迎面走来，急忙上前求助。这位公子很是热心肠，把自己随身带的干粮和从家里带来的退热丸药送给祝英台。祝英台吃了药和干粮，恢复了体力，连忙向年轻公子道谢。

年轻公子说自己叫梁山伯，是去往杭州学堂求学的。祝英台一听，原来两人同路，于是拱手施礼道：“这位兄台，我也正要去杭州学堂，不如咱们一路同行？这样彼此也好照应。”梁山伯是个爽快人，欣然应允。

一路上，身材高大的梁山伯把祝英台当成弟弟一样，一直很照顾她。他们谈诗论画，十分投契，这让原本有些紧张的祝英台渐渐放松下来。她暗暗想，自己的女扮男装还是很成功的。

情节解析

梁山伯在路上帮助了祝英台，他的热心和善良让祝英台对他产生信任。这一情节为两人来到学堂后成为最好的朋友作了铺垫。

来到学堂，拜见了先生，梁山伯和祝英台就开始了同窗学习的日子。他们一同读书写字，探讨诗文画作，很快就成为了最好的朋友。正直憨厚的梁山伯十分勤奋好学，先生时常夸奖他的文章好。只是这梁山伯一直没发现自己的“好兄弟”是女子，他把祝英台当作知己，又把祝英台看作需要照顾的弟弟，处处关心帮助祝英台。

在学堂的日子过得飞快，一转眼三年过去了。朝夕相处中，祝英台爱上了梁山伯，她想，也许应该找机会向梁山伯坦白自己的身份。一天，他们在河边温习功课，祝英台想试探一下梁山伯，于是就指着河中游泳的一对白鹅说道：“河中游双鹅，雌雄难分说。雄鹅身形健，雌鹅更婀娜。”祝英台说罢便看向梁山伯。哪知这梁山伯一心都在学问上，只说：“贤弟这首诗写得极有趣，只是先生说过，写诗不宜太直白。”祝英台一听，心里暗叹，这位梁兄真是一只呆头鹅。但她也不好明说，只得继续和梁山伯探讨学问。

情节解析

两人相处的这一情节，生动地展现了祝英台心思细腻、聪明伶俐的性格特点，梁山伯憨厚好学的形象也跃然纸上。

求学生涯即将结束，梁山伯与祝英台离别的日子终于来了。祝英台在临别前终于向梁山伯坦诚，自己是女孩子，女扮男装是为了能够出来读书。梁山伯回想自己这些天对祝英台的依依不舍，也明白了自己对她的心意。于是他们约定，梁山伯回家后就带着聘礼上门提亲，求娶祝英台。

祝英台流着泪踏上了回家的路。她的泪掉落在小河里，鱼儿也跟着叹气；她的泪洒落在小花上，花朵也垂下头；她的泪滴进土地上，小草也弯下腰。

词句赏析

这句话运用了排比和拟人的修辞手法，生动地写出了祝英台和梁山伯分别时的依依不舍，表现了两人之间深厚的情谊。

没想到，祝英台刚回到家，就听到了让她更伤心的消息：她的父亲相中了邻县马员外家的儿子马文才，已经答应把她嫁给马文才。祝英台又急又气，向父亲哭诉自己已经爱上了同窗好友梁山伯，他品行善良，人又上进，希望父亲能够成全。可是她的父亲得知梁山伯的家世背景极其普通，就果断拒绝了。祝英台长跪不起，不停哭泣，她父亲一怒之下就把她关了起来，吩咐成婚那天才能放她出来。

等梁山伯带着媒人和聘礼登门的时候，只得到管家“我家小姐已经许配了马家少爷，十日后花轿就来迎亲”的答复。梁山伯多方打听，才知道祝英台被关了起来，自己根本见不到她。梁山伯伤心欲绝，回到家就一病不起，没几天就病死了。临死前，他央求家里人把他葬在祝英台花轿的必经之路上，这样，生不能再见，死后也能遥遥看上祝英台一眼。

祝英台苦苦等着梁山伯，盼着他能说服父亲改变心意。没想到，小丫鬟带来了梁山伯求亲不成而伤心病死的消息。祝英台的心也跟着死了，她让小丫鬟打听好梁山伯葬在哪里，暗暗下定了决心。

很快，成亲的日子到了，祝英台请求父亲允许她祭拜梁山伯，只要见过梁山伯的坟墓，她就安心嫁人。父亲无奈，只得答应，吩咐花轿在梁山伯墓前停下。

祝英台来到墓前，悲痛大哭，直哭得天昏地暗、狂风大作。霎时间，天地变色，大雨倾盆。突然间一个闷雷炸响，梁山伯的坟墓应声裂开，祝英台见状，大喊一声："梁兄，英台来找你了！"然后便决绝地纵身跳入坟墓，墓很快又合上了。转瞬间，雨过天晴，在众人惊诧的注视下，一对美丽的蝴蝶翩然飞起，其中一只翅膀上的花纹与祝英台罗裙的纹饰一样。它们迎着雨后的彩虹，越飞越远，越飞越高。

主题辨析

梁山伯和祝英台的故事歌颂了矢志不渝的爱情。这则民间故事反映了我国古代人民对美好幸福生活的向往和对自由婚姻的执着追求。

阅读随记

扫码获取音频

田 螺 姑 娘

引言

小伙子谢端捡到一只快干死的大田螺，他把田螺扛回家，放在大水缸中饲养。后来，他干完活儿回家，发现桌子上摆满了饭菜。一连好多天，每天都是如此。他感到非常奇怪，于是悄悄地躲在窗户外偷看，发现一个妙龄少女从大水缸中走出来。这个姑娘到底是什么人？她为什么帮助谢端呢？

我的批注

从前，有一个小伙子叫谢端，他年少时父母就相继去世了。但他辛勤地劳作，节俭地生活，日子也还算过得去。

一天，谢端在田间耕作时，看见一只从没见过的大田螺就快要干死了，于是他把田螺扛回家，放在大水缸中饲养。

过了一段时间，大田螺的壳渐渐变得光彩夺目，非常漂亮。与此同时，谢端家里不断发生奇怪的事情。

比如，当他黄昏回家时，发现家里被收拾得干干净净，更令他惊讶的是桌上已摆好了丰盛的晚餐，橱柜里面也准备好了第二天的早餐和午餐。就这样，一连过了好多天，谢端每天都能吃得饱饱的。

谢端去问亲朋好友是不是他们有谁在帮他，可是没有人承认。于是，谢端暗自决定要查出到底是谁在帮他做家务。

有一天，他像平常一样，吃过早饭就出去劳动，只是午饭后便回来了，快到家门口时，他悄悄地躲在窗户外偷看。只见大水缸中的水汩汩地在响，不一会儿，一位清秀的少女，徐徐地从缸中走出来。她的眼睛像泉水一样清澈，红润的嘴唇像樱桃一样惹人喜爱。谢端不由得暗暗吃惊：“难道就是这位姑娘在暗中帮助我吗？”

少女从大水缸中走出来后，开始忙碌起来，生火、淘米、洗菜、煮饭……很快，诱人的饭菜香气就从房子里面飘了出来，谢端终于确信是这位少女在暗中帮他。

于是，他开门走进去，还未开口，那少女已迎了上来，问道：“谢兄，你今天为什么这么早就回来了？”

谢端满腹疑惑，问道：“你是谁？”

姑娘说：“我就是你从田间救起的田螺呀。”

谢端又惊奇又怀疑，打量着这位姑娘。姑娘坦诚地说道：“承你搭救，我才活到了今天。我原来是天上的白水素女。我这样做，只是想报答你的救命之恩。”

谢端感激地说道：“不敢当！举手之劳而已，我倒是要谢谢你近日里对我的照顾。你要是不嫌弃的话，以后就请住在我家里吧。”

就这样，田螺姑娘又在谢端家里帮了他一段时间。二人都很尊敬对方，相处得十分融洽。在田螺姑娘的帮助下，谢端赚了一些钱，购置了田产。日子久了，谢端不由得对田螺姑娘产生了爱慕之情。田螺姑娘心中明白，但始终以礼相待，并打算把这里的事做一个了断，然后离去。

不久，田螺姑娘说她要走了，谢端恳请她留下来，但田螺姑娘摇了摇头说：“我与你境遇不同，身世不同，要我永远留在这里，是绝对不可能的。现在，你的生活变得富足，我的报恩也该结束了，我要回到天庭去了。”

在一个风和日丽的早上，谢端吃完早饭，和田螺姑

词句赏析

将眼睛比作清澈的泉水，将红润的嘴唇比作樱桃，生动形象地写出了田螺姑娘容貌美丽，惹人喜爱。

主题辨析

田螺姑娘为了感谢谢端搭救自己的恩情，悄悄照顾无依无靠的谢端。这个民间故事传递了劳动人民知恩图报的思想。

娘道别后，便扛着锄头到田里干活儿去了。不一会儿，天空乌云密布，刮起一阵狂风，谢端连忙赶回家去。家里不见田螺姑娘的身影，谢端赶紧去看大水缸。此时，天空忽然划过一道闪电，接着雷声隆隆，大雨倾盆而下。田螺姑娘从水缸中飘然而出，随着风雨离去，只留下一个灿烂耀眼的空壳。

谢端赶紧把田螺壳放在供桌上，跪下说道：“谢谢姑娘这些日子的照顾，谢端在此与你道别了！”

后来，谢端成了家，他将田螺姑娘帮助自己的事告诉了妻子，妻子很感动。谢端与妻子辛勤地劳作，两人的生活更加富足了。

词句赏析

风雨大作，雷声隆隆，田螺姑娘离开了，环境描写使离别场面充满了伤感和不舍。

阅读随记

湘妃竹的来历

扫码获取音频

引言

在烟波浩渺的洞庭湖中，有一座风光秀丽的小岛——君山。君山自古多奇竹，其中最负盛名的当数湘妃竹。湘妃竹又名斑竹，它秀拔玉立，竹竿布满紫色斑点，宛如泪痕。关于湘妃竹的来历，有一个凄美的传说。

相传舜继承帝位后，为人民做了很多好事，使人民过上了安定的日子。

舜晚年时，南方九嶷山[①]一带有几个部落发生了战乱。他决定亲自去视察，平定那里的战乱。

舜把自己的打算对娥皇和女英两位夫人说了。娥皇和女英担心舜的身体，都不愿意让他独自去九嶷山，想要和他同去。

虽然舜一再劝阻，但两位夫人坚持要跟随他。舜没有办法，就在一个夜晚，带上几个随从，悄悄出发了。

几天不见舜回宫，娥皇和女英心中非常着急。她们找到侍从一问，才知道舜已经动身去九嶷山好几天了。她们思念丈夫，立即收拾行装，命人准备车马，去追赶舜。

追赶了十几天后，她们来到江边，遇到了大风，无法渡江。有位老渔夫用船把她们送到湘江边的洞庭山，让她们在一座小庙中住了下来。

大风一直刮，她们没有办法上路，焦急地盼望风早些停。她们每天登上山顶眺望，心中暗暗祈祷祝福舜身体安康，并盼着舜从远方回来。

两位多情的夫人，在洞庭山上迎来日出，送走日落。她们盼啊，盼啊，望眼欲穿，但始终没有见到舜回来。

---

① 九嶷（yí）山：即九疑山，位于湖南省永州市宁远县。

一个多月后，风渐渐停了。在一个风平浪静的中午，她们看到从南方漂来一只插有羽毛旗帜的大船，那是宫廷的船。应该是她们日思夜想的丈夫回来了！

两位夫人急忙跑上前去迎接。但是，很快她们便发现船上的侍从和士兵们一个个愁眉不展，满面哀容，她们立刻猜到发生了不好的事情。

侍从们把舜的遗物交给她们，说："舜帝驾崩于九嶷山下，已经埋葬在那里了。"

娥皇和女英听到这个消息，伤心欲绝，哭得昏倒在地。

从此，娥皇和女英每天都要爬上洞庭山顶，遥望九嶷山。她们抚摸着身边的一株株翠竹，流下伤心的泪水。

就这样，日复一日，年复一年，她们的泪水洒遍了青山竹林。那满山的翠竹也与她们一起悲伤，一起流泪，株株翠竹上都沾满了她们悲伤的泪水，擦也擦不掉，留下了永久的斑斑泪痕。

后来，娥皇和女英由于过分思念舜，死于湘江之畔。她们死后成了湘水之神，被称为"湘妃""湘夫人"。人们把那些带有泪痕的竹子称为"湘妃竹"。

阅读随记

扫码获取音频

宝　莲　灯

引言

华山西岳大帝的女儿三圣母身为仙人，却爱上了人间的书生刘彦昌，并生下一子取名沉香。华山二郎将三圣母压在山下，让她与沉香母子分离十三年之久。得知自己身世的沉香独自一人来到华山，在霹雳大仙的帮助下劈山救母。

华山被称为西岳，与东岳泰山、南岳衡山、北岳恒山、中岳嵩山并称“五岳”。每一座山都有主管的山神，掌管西岳华山的是西岳大帝，也叫金天王。他有一个又温柔又美丽的三女儿，西岳大帝非常喜欢她，将一盏法力无边的宝物宝莲灯送给了她。

每当人世间有天灾时，西岳大帝的三女儿举着宝莲灯照一照，便可保一年风调雨顺。因为她有求必应，经常为民间排忧解难，当地人称她为“三圣母”，并在西岳庙里为她单独建了一间圣母殿。

人物剖析

三圣母用手中的宝莲灯为人们排忧解难，因此受到人们的爱戴，这说明她是一位善良、正直的神仙。

当地有一位书生叫刘彦昌，他自幼苦读诗书，年纪轻轻就满腹经纶。这一年，他准备赴京赶考，刚走到华山西岳庙前，突然天色大变，一团乌云黑压压地扑过来，转眼间下起了倾盆大雨，雨密得连脚下的路都看不清。刘彦昌无奈，只好躲到圣母殿里避雨。

三圣母见外面下了大雨，很担心农民的庄稼受损，正提着宝莲灯打算出门时，见刘彦昌进了圣母殿。她急忙登上莲花座，化作一尊美丽、安娴的塑像。可是，情急之中，宝莲灯忘了熄，那七彩的宝光投在她的面庞上，将她桃花般的脸映照得更加妩媚。

刘彦昌被三圣母的塑像深深吸引，他取出笔墨，略一思索，便在大殿的墙壁上题写了一首诗：

只疑身在仙境游，人面桃花万分羞。
咫尺刘郎肠已断，寻她只在梦里头。

此时，三圣母也在莲台上静静地俯视着刘彦昌。只见他头戴方巾，身穿一袭干净的青衫，一副儒雅的书生打扮；再看脸上，面白如玉，目若朗星，心中不觉暗生情愫。三圣母又读了读刘彦昌题在墙上的诗，知道他也对自己有情，脸上不禁飘起了一抹羞色。

词句赏析

面白如玉形容脸像白玉一样洁白，目若朗星形容眼睛像星星一样明亮有神。这两个词常用来形容人的相貌俊美。

山雨来得快，去得也快，不一会儿，雨就停了。刘彦昌看了看三圣母的塑像，依依不舍地上路了。走出没多远，便听远处响起一声虎啸，一阵腥风吹过，还没等刘彦昌定过神来，便见前面山道上有一只猛虎正盯着他。刘彦昌吓得转身想跑，可腿软得根本抬不起来。

正在此时，刘彦昌的眼前闪出一片红光，那老虎就像丢了魂儿似的，老老实实地趴在地上了。待那红光熄灭后，只见三圣母提着宝莲灯走了过来，她对那老虎说："我让你守山，谁让你出来吓人？回你的窝去！"那老虎听了，垂着头，耷拉着尾巴，乖乖地走了。

原来，刘彦昌走后，三圣母突然想到自己养的守山虎，她担心那虎惊吓到刘彦昌，便跟了出来。此时，他们四目相对，彼此都明白了对方的心意，便私定了终身。

过了半个多月，刘彦昌见考期临近，便向三圣母辞行。三圣母温柔地说："我已经怀了你的孩子，不知是男是女，你考完了一定回来找我。但你要先给孩子起个名字。”刘彦昌又惊又喜，从书囊中取出一块沉香，说：“我一定早日回来。这块沉香是我家祖传之物，孩子就以‘沉香’为名吧。”

刘彦昌依依不舍地上了路。但是，他与三圣母私定终身的事情，被三圣母的哥哥华山二郎知道了。他觉得妹妹嫁给了凡人，不但触犯了天规，还让自己跟着丢脸，便上门来兴师问罪。两人一言不合，打了起来。

三圣母本不惧怕华山二郎，况且有宝莲灯护身，打斗起来不落下风，但时间一长，便觉得腹中疼痛难忍，原来那胎儿受了惊吓，在肚子里害怕得直蹬腿。三圣母心想：再这样打斗下去，恐怕连累了孩儿，我宁愿自己受些苦，也要把孩子生下来。于是，三圣母扔了兵器，交出宝莲灯，甘愿被哥哥擒住。华山二郎将她关押在华山下的黑云洞里，还施了法术，让她永远不得出来。

这一日，三圣母在黑云洞里生下了儿子沉香。她掐指一算，刘彦昌已经考中了状元，正在来华山的路上。她撕下罗裙一角，咬破手指，写了一封血书，放在沉香的襁褓中，又叫来她的守山虎，让它带着沉香去圣母殿。

第二天，刘彦昌果然登上了华山。他来到圣母殿，大吃一惊，只见殿内积满灰尘，遍布蛛网，自己题诗的墙壁上墨迹已经无法辨认；再抬头看三圣母的塑像，金漆已经剥落，罗裙的一角已经残缺。

正在刘彦昌手足无措时，那守山虎叼着一个篮子进了殿门。刘彦昌认出它是三圣母的属下，问它：“你家主人哪里去了？”守山虎神色哀伤地发出悲声，把篮子叼到刘彦昌面前。

刘彦昌见有一个男婴躺在篮子里，脖子上还挂着他家的祖传沉香，拿出襁褓中的信看了又看，又将这血书往三圣母塑像上缺了一角的罗裙上一拼，果然严丝合缝

人物剖析

三圣母宁愿自己受苦，也要把孩子健康地生下来，这凸显出她伟大的母爱。

地拼在了一起，这才泪如雨下，紧紧地抱着沉香。

三圣母在信中叮嘱刘彦昌把沉香抚养成人，不要以她为念。刘彦昌抱着孩子下山后，虽然日思夜想三圣母，但也怕沉香年幼，他的舅舅华山二郎会加害孩子，所以一直没敢带沉香来华山地界。

一晃十三年过去了，沉香长得身强体壮、聪明伶俐，加上刘彦昌悉心教导，已经读了很多书。这一天，他偶然发现了三圣母留下的血书，才知道自己的身世，不禁泪如雨下。他不告而别，独自上华山救母。

但孩子终归是孩子，沉香走到华山，衣服已经破烂，鞋子已经甩丢，脚掌磨出了血，终于爬上了一座高峰，却发现前面已经没有路了。他环顾四周，四处都是高高的山峰、莽莽的林海，却不知母亲到底被压在哪一座山下，不禁放声大哭。后世人们称这座高峰为孝子峰，相传，夜深人静时，站在峰头，依然可以听到沉香哭喊母亲的声音。

沉香这一大哭，惊动了路过此处的霹雳大仙。他看了三圣母的血书，对沉香说："想要救你母亲，须将这华山劈开。我知道天庭有一柄神斧藏在这山中，道路艰险，你敢跟我去取吗？"

"有什么不敢？为了救出我母亲，什么样的艰难险阻我都不怕！"

霹雳大仙叫了声"好"，便在前面快步如飞。沉香忍着脚掌的疼痛紧紧跟随，豺狼跟在后面他不怕，虎豹在旁边嚎叫他不理。走了不知有多远，只见前面出现一条大河。霹雳大仙身子一飘，就到了河对岸，回身冲沉香招手。

沉香想也没想，就跳下了河。谁知人在那河水中浮不起来，而且水冷得刺骨，沉香只能在河底手脚并用地

人物剖析

虽然是个孩子，但沉香无所畏惧，任何艰难险阻都阻挡不了他救母的行动，这凸显出他想要救出母亲的坚定决心。

往前爬。骨头冷得仿佛脱离了他的身体，河中的鱼不断地啄他的皮肉，口中憋的最后一口气也吐了出来，就在沉香以为自己快死了时，霹雳大仙一把将他拎出水面，开心地说：“皮肉都换好了，浊气也吐出来了。”

原来，霹雳大仙用移山倒海之法引来了天河，沉香在天河中脱胎换骨，变得力大无比。

霹雳大仙指着前面说：“那里有个山洞，神斧便藏在洞中，你去取来。”

沉香直奔过去，走到洞口一看，里面红光闪闪，烈焰奔腾，整座洞中全都是火。他什么也顾不上，钻进火中，大踏步往前走。果然，走到火的尽头，见有一柄大斧，他的手刚抓到斧柄，洞中的火就熄灭了。

霹雳大仙大笑道：“我借了太上老君的三昧真火，你的身子用这火炼一炼，便不会受伤了。但若想救出你母亲，还得我去天庭禀明玉帝。”说完，霹雳大仙身子晃一晃，一眨眼就不见了。

沉香遥遥地向空中拜了三拜，谢过霹雳大仙，便提了神斧去寻母亲。这一次，他一步能跨出五米远，一纵能跳到一丈高，很快就找到了黑云洞。

但他还没见到母亲，就见那守山虎摇头摆尾地向他走来。守山虎说：“孩子，那宝莲灯在你舅舅手中，即便你把三圣母救出来也于事无补，他若恼了，连你也压在山下，岂不是害了你？三圣母有令，让你先去求求你舅舅。”

沉香便找到了华山二郎，说明自己的身份。华山二郎这才知道三圣母竟然有个孩子，这丑闻若是让天庭知道了，自己岂不是更丢脸？他火冒三丈，也不听沉香的哀求，举起兵器就打。沉香见舅舅如此蛮不讲理，也动了怒，抡起神斧与他打了起来。

人物剖析

对待三圣母和沉香，华山二郎都是以自己是不是丢脸作为行为依据，不顾亲情，可见他是一个自私冷酷的人。此处将沉香与反面人物华山二郎进行对比，烘托了亲情可贵的主题。

我的批注

两人云里雾里、上山下海，打得昏天黑地。沉香仗着脱胎换骨，已是金刚不坏之身，兼有神斧助力，渐渐地占了上风。华山二郎且战且退，想回他的府中取宝莲灯降伏沉香。

华山二郎刚到府前，便见霹雳大仙手捧宝莲灯站在面前，对他说："华山二郎，玉帝有旨，沉香孝心可嘉，许他劈山救母。你随我回天庭，莫要为难孩子了。"

沉香闻言大喜，赶回华山，抡起神斧猛劈过去，只听轰隆隆一声巨响，华山裂开了，三圣母从黑云洞中走了出来。她看见日思夜想的沉香，紧紧地将他抱在怀里。

主题探索

姓　　名：__________
年　　级：__________
阅读日期：__________

主题是文学作品所要表达的核心思想、情感和观点，是作者想向读者传达的最重要信息。

常见文学主题

亲情	自由
友情	尊严
成长	爱
童年	责任
命运	信念
回忆	勇气
生死	改变

以史为鉴	希望
社会现实	理想
批判丑恶	偏见
成功经验	自然
克服困难	忠诚
生存意义	正义
英雄主义	坚守

战争与和平
自我认知
知识探索
揭示人性
重视心灵
抓住机遇

以上是常见的一些文学主题。你刚刚阅读过的《宝莲灯》的主题是什么？圈出你觉得符合的词语。

扫码获取音频

鲁班和张半

引言

鲁班有个弟子名叫张半。张半很聪明，学得快，很快就骄傲自满起来。鲁班有意为难他，让他明白“人外有人，天外有天”的道理。然而，张半在回乡之后又自高自大起来，并在门上挂上了“天下无敌”的牌匾。鲁班来到他家，又给了他一个教训……

我国古代有一位能工巧匠叫鲁班，传说，木匠用的角尺、刨子、木钻等工具都是他发明的，因此，他被尊为木匠鼻祖。

鲁班声名远扬，各地都有慕名而来向他拜师学艺的年轻人，其中，鲁班最看好的是张半。张半又聪明，又勤快，学东西比师兄弟快。别人要学三年才出师，可他学到第二年的时候，就基本把手艺学到手了。鲁班眼见徒弟越来越多，就让张半当半个老师，帮助他指导新入门的师弟们。

张半不禁飘飘然起来，他心想：我的手艺这么高了，何必再多学一年呢？他便不知天高地厚，指导师弟们也不耐烦起来，有时竟然嘲讽他们蠢笨。

人物剖析

骄傲自满通常表现为瞧不起别人，但张半甚至达到了伤害别人尊严的程度，足见他此时自高自大到看不到别人的优点，也看不到自己的缺点的程度。

鲁班很是痛心。这一天早上，他把张半叫到身前，说：“我们又要招一批新徒弟，得赶制一批教具出来。现在需要两张桌子，一张方的，一张圆的，三天之内你能赶出来吗？”

张半心想：如果教具是我做的，还不知那些新师弟要多么崇拜我呢！他一拍胸脯，说：“哪里用得了三天，两张桌子嘛，小菜一碟。”

果然，下午的时候，张半就做好了。鲁班走进作坊时，张半正指着桌子，向围着他的师弟们自吹自擂呢。“看我这桌子，这榫卯[①]，这刨工，你们可做得来吗？”

鲁班走上前，只瞥了一眼，便问徒弟们：“你们能不能看出来，这两张桌子有什么问题？”

徒弟们都说：“张师兄的手艺高超，这两张桌子实属上品。”

鲁班沉下脸来，严肃地说：“正好大家都在，我来教

① 榫卯（sǔnmǎo）：木器中连接两部分的地方，凸出的部分为榫头，凿空的部分为卯眼。

我的批注

你们木匠最重要的一课——良心。桌椅板凳虽不贵重，但最需经久耐用。你们看这两张桌子，所用木材表面光洁，但内中已虫蛀腐烂。"

说完，鲁班抄起一把斧子，劈开了桌面，果然，木料里面现出虫蛀的斑斑黑洞。他转身对张半说："匠心，为匠者，先要用心。重做吧。"

张半精心选了好木料，又用了一天半的时间，精心做成了两张桌子。

鲁班走到方桌前，解下腰间的麻绳，一端定在一角，另一端拉到对角，之后便将这段绳剪下，又将它放在另外两个对角上比量了一下。

"重做。"鲁班冷着脸，头也不回地离开了。

众师兄弟面面相觑，他们都觉得张半的桌子做得很好，不明白师父为什么还不满意。一个师弟出主意说："张半师兄，师娘一直对你不错，要不，你找机会问问师娘这到底是怎么回事吧。"

吃完晚饭，张半来到师父屋门前，刚想喊"师娘"，便听里面传来师父、师娘说话的声音。

师娘说："晚饭的时候，我看张半这孩子闷闷不乐的，是不是你难为他了？"

鲁班叹了口气，说："这孩子天资聪颖，本是我最看重的徒弟，我这段日子研制出的'矩尺'便想传给他。但他近来骄傲自满，我有些担心啊。前几日我提醒他要'用心'，言外之意是让他端正内心，做人最怕像朽木一样从内里先烂。今日他制作的方桌并不是正方，如果是正方，两个对角长度应该相同。木匠虽说是个手艺，但处处有学问，不能沉下心来钻研，终究难成大器啊。"

张半在窗外听着，不禁心头一热，他推开房门走到师父、师娘面前跪下，眼泪掉了下来，哽咽着说："师父、

主题辨析

鲁班的这句话说明端正内心的重要性。知识在正确的道德观念下才能发挥价值。无论学习什么，我们都要端正态度，用良好的道德指导我们的学习。

师娘，是我自己不争气。”

鲁班转身从桌上拿起一把折成直角的尺，放到张半手中，语重心长地说：“张半，我们木匠用‘规’来画圆，但方形一直是个难题。这是我刚刚制成的‘矩尺’，可以用它来画方形。记住：没有规矩，不成方圆。”

这种“矩尺”就是俗称的角尺，也叫“鲁班尺”，是后世木匠必备的工具。

张半听了师父的教诲，又虚心地学艺一年，这才出师下山。

回到家乡，张半的手艺高，也能收徒弟了，渐渐地在当地有了名气。有一年，他的徒弟将一块写着“天下无敌”的匾额挂在他的院门上。张半忘记了师父的教诲，喜滋滋地接受了。

不多久，鲁班就听说了这件事情。起初他还不太相信，决定亲自去看看，当他来到张半家院门前看到那块匾时，又是气愤又是痛心。

他一边迈步进院门，一边高声问道：“家里有人吗？这是‘天下无敌’的张半家吗？”

张半没在家，他媳妇正在院子里推磨，见鲁班进门，忙放下手中的活儿，迎过来，满脸羞愧地说：“哪里敢称什么‘天下无敌’？不知天高地厚，倒让人笑掉大牙。您是请他做活儿吗？真不巧，他出去了。”

鲁班暗暗点头，心想：这倒是个明事理的媳妇。他说：“你一个女人，推磨费力，我给你做个木驴吧，不吃草料不怕累，推起磨来噌噌跑。你家张半干活儿的圆规和矩尺在哪儿呢，借我用一用。”

“他出去干活儿，带走了。”

“没有规矩，不成方圆呀，做完了可不一定像喽。”说完，鲁班去工具箱里找了一把斧头，又从废料堆里选

主题辨析

鲁班用比喻的方式教导张半。“没有规矩，不成方圆”本是木匠术语，后来转为成语，意思是说做任何事都要合乎规则。在生活中我们要用正确的道德观念约束自己的行为。

了几根木条，连削带钉，一会儿就做好了一头木驴。

鲁班把木驴放在磨盘边，套上套子。张半媳妇笑着说：“您老人家真会开玩笑，这又不是个活物，哪能动呢？”

鲁班一拍脑袋，好像突然想起来什么，说：“你提醒我了，得给它装个心。”说着，他随手从地上捡了一块小木头，放在木驴的“心”的位置，那木驴就“咯噔咯噔”地拉起磨来了。

张半媳妇看愣了，缓过神后，发现鲁班已经不见了。

张半回家来，见那木驴新奇，也着实惊喜了一阵儿。看了一会儿，他又埋怨起媳妇来，说：“怎么能让人家用废料呢，你看，这腿，这头，圆不圆方不方的，我来加工一下吧。”说完，他把木驴拆了，取出工具来细细打磨了一遍。

可是，再把木驴拼装起来时，却发现驴肚子是空的，没有地方放那颗“心”，木驴自然也就不会动了。张半研究了半天，跟媳妇说：“奇怪，这颗‘心’是怎么安上去的呢？”

张半媳妇说：“我也没看清，那老人随手一放，这块小木头就悬在驴肚子里了。”

“这可是怪事。你把那老人说的话仔细讲给我听听。”

张半媳妇一字不落地讲完，张半猛然醒悟：“哎哟，是我师父！这木驴安‘心’的地方是空的，师父是在提醒我要‘虚心’。只有这样，才能守住匠人的‘规矩’。”

张半架起梯子，将门口那块“天下无敌”的匾摘了下来，还用斧子将它劈得稀烂。说来也怪，做完这一切后，张半再把那小木块放在木驴肚子里时，它竟然悬空着在里面转了起来。

情节解析

此处“虚心”是一语双关，表面上指木驴安“心”的地方是“虚”的，实质上是鲁班告诫张半要谦虚。鲁班没有批评和说教，而是让张半自己领悟人生道理。

扫码获取音频

华佗的故事

引言

华佗是我国历史上有名的医生。他少时曾在外游学，不仅学习了一身本领，还领悟到“医者仁心”的道理，终于成为后世敬仰的一代名医。

琼林学医

今天安徽省的亳州市，在三国时期称为亳县，华佗就出生在那里。华佗年幼的时候父亲就去世了，当地的豪强见他们孤儿寡母好欺负，抢走了他家的土地。少年华佗只好靠进山捡柴来养家。山里的大伯、大叔见华佗可怜，就教他顺路采药。几年下来，华佗认识了上百种草药，还跟山里人学了一些治疗常见病的偏方。

眼瞅着日子快要好起来，亳县又发生了大战，尸横遍野，连河水里都漂着尸体，没有人掩埋。这样的情况下很容易发生瘟疫。华佗忙上山去采药，他知道千万不能让井水受到污染，否则瘟疫便会大片大片地蔓延，他必须找到足够的药材投到所有的井里。

华佗连夜进山，深一脚浅一脚，衣服被荆棘撕破了，手掌和腿被石头划出血了，连鞋子都甩丢了一只，但他还紧紧地护着盛草药的竹篓。可是，当他采好了药、赶回村子的时候，发现他的母亲还是感染了瘟疫，已经去世了。

人物剖析

为尽快采回药材、帮助更多的人，华佗不畏艰难地上山，甚至没能顾得上母亲，这反映出华佗年轻时就有心怀百姓、大公无私的品质。

华佗召集村里的年轻人，分给他们调配好的药，让他们抓紧时间分头投到十里八乡的水井中，他说："我母亲年迈体弱，扛不住这场病，但这些草药能救更多的乡亲。"

瘟疫被控制住了，华佗这才想起母亲，他想：我只知道往井里投药的法子，但如果乡亲们像母亲一样已经感染了瘟疫，我就束手无策了，我得找名医学一学。

华佗打听到西山琼林寺的治化道人有一手妙手回春、起死回生的医术，便告别了乡亲们，一路向西走去。他翻过了六道山梁，蹚过了三条大河，腿也走肿了，脚也磨破了，渴了就喝口山泉水，饿了就采些野果吃，边走边打听，终于在三个月后来到了琼林寺。

治化道人是一位须发皆白的老道长，他听华佗讲完自己的经历，很满意地点头道："往井中投药，这'未病先防'的法子是医道中最难得的，它不能开方卖药，不能挣钱，心怀名利之心的医生便不愿去做，须知'医者仁心'啊。你这年轻人很难得，我收下你了。"

情节解析

治化道人更注重学生的品德，认为医道应该超越名利。在治化道人身边学习，能够让华佗在医德方面打下良好的基础。

华佗高兴得连连给治化道人磕头。

治化道人想了想，说："你既然认识不少草药，那么，你就先从配药、煎药、侍候病人做起。"

从这天起，华佗就跟随治化道人学医了。师父配药时，他仔细地看哪些药抓多些，哪些药抓少些；师父煎药时，他仔细看哪些药先下，哪些药后下；侍候病人时，他仔细观察病人每天吃了什么，服药之后有什么变化，甚至病人大小便的颜色他也要记录下来。

人物剖析

华佗不仅仔细观察师父的治疗方法，也细心留意病人的状况，这体现出他善于从实践中学习的精神。

就这样，华佗整整干了三年，师父却连一个药方都没教给他。这一天，来了一个病人，治化道人开了张方子，递给华佗道："按方抓药吧。"

华佗扫了一眼，鼓起勇气，指着药方上的一味药说："师父，这味药虽然对症，但这位病人身子太虚弱了，还是先补一补，之后再用这味药才好。"他又指着一味药，说："以前，师父用这味药顶多二钱，为何这次用了五钱？"

治化道人哈哈大笑，道："我这是有意考考你，这三年我虽没传授你一张药方，但你已经能看出用药的门道了。从今之后，你学药方吧。"

晚上，治化道人带华佗来到道观后的一间石屋。屋中的三面墙壁从地下到屋顶摆满了医书，另一面墙壁则满是挂图。治化道人说："这些是我毕生搜集的医典，你自己学吧，有不懂的随时问我。"

从那天起，华佗每晚到石屋中苦读，但白天还是去外面煎药、照顾病人。师兄弟们见他和往常一样，殊不知，华佗已经和以往大不相同。他暗暗地将病症、药方与医书中的记载互相印证，医道的奥秘在他的心中渐渐清晰起来。

眨眼间又过去了三年。这一天，华佗正在石屋中读书，一个小道童跑来，惊慌地说："华师兄，不好了，师父突然昏厥，你快去看看！"

来到师父的卧房，华佗见众师兄弟已经围在师父的床前，有的人搓着手唉声叹气，有的人六神无主、不知所措，还有几位师兄正在凝神沉思，好像在想办法。

华佗快步走上前，只见师父面色蜡黄，双眼紧闭，口吐白沫，呼吸微弱，僵硬地躺在床上。他摸了摸师父的额头，又把了把脉，皱着眉头转过头来，疑惑地看着大家。

大家见他这副神情，都觉得大事不好，有几个年幼的师弟哭了出来，带着悲声说："无论如何，先用药吧。"

一位年长师兄说："看师父这样，怕是积劳成疾，加

主题辨析

在实践中加深对书本知识的理解，学习效率会更高。华佗勤于学习，更善于学习，良好的学习方法是他成为一代名医的关键。

我的批注

上年老体弱，我们应该用补药。”

另一位师兄说：“不，不，正因为师父积劳成疾、年老体弱，所以体内失调，毒素淤滞，应该先用宣泄之药排一排。”

听到这里，大家七嘴八舌议论起来：“一个说补，一个说泄，这两种方子正相反呀。”他们最后将目光投向华佗，见他闭目思索，面色平静，似乎没有听到大家的议论，一位师弟便推推他，说：“华师兄，你说该用什么法子？”

华佗这才睁开眼睛，不慌不忙地说：“什么法子也不用，师父没病。”

大家“轰”的一声又七嘴八舌吵起来，一个说：“这叫什么话，耽误了师父的病，你怎么吃罪得起？”一个说：“亏得师父那么器重你，你倒说出这样的话来！”还有一个说：“大家在这儿吵，无济于事，依我看，不如派人下山再请名医。”

华佗摆了摆手，让大家平静下来，说：“若说师父有病，就是他最近胃口太好了，管理厨房的师弟要注意，师父的饮食不宜肥甘厚味，须清淡才好，眼下先给师父进清茶一碗。”

“哈哈哈哈！”治化道人捂着肚子，笑着坐起来。大家又惊又喜，纷纷问道：“师父，您的病好了吗？”

“我根本没病！”治化道人对众弟子说，“我们为医者，一忌遇事慌乱，二忌照本宣科，我是有意装病，试一试你们的本领。”

众人听了，面带惭愧，但也都暗自佩服华佗。

华佗回到石屋，刚在桌边坐下，就大吃一惊。原来，他被小道童叫走的时候，慌乱中碰倒了墨罐，一罐子的墨流了出来。摊在桌面上的几本医书是写在绢帛上的，一沾墨水就洇透了，黑团团一大片，一个字都认不得了。

华佗又是着急，又是心痛，这些书不但是师父的心爱之物，更是少见的古代孤品，若无法传之后世，是医学的一大损失呀。他转念一想：这几本书我已经背熟，不如重新写一份，绝不能让这些古代药方在我手中断绝。

从这天起，华佗每天晚上都把自己关在石屋中默写古书。写着写着，他忽然又想：这些古方并不常见，如果有医生不会使用，岂不是可惜？不如把我使用这些药方的经历记载下来，给后人以借鉴。于是，他在药方后面详细记录了使用药方的注意事项和病人服药痊愈的过程，如果有某一味草药极为难得，他也将功效相等的替代药品列了出来。

写了三个月，华佗终于将几本书写完。这一日，治化道人让他拿几本书过去，其中正好有他重写的一本。他惴惴不安地将书放在师父面前，原原本本地将事情的经过向师父讲明了。

治化道人拿起华佗写的书，仔细地看了半晌，说：“华佗，你下山吧。”

华佗闻言大惊，忙给师父跪下，连声说：“师父，我知道错了，怎么惩罚我都行，只求您别赶我走。”

治化道人搀起华佗，说：“其实，这件事我早就知道，已经暗中观察你三个月了。昨日发现你已经把书写完，这才叫你来。古书固然珍贵，但医书须广为传布，不该据为己有。守着私家秘方谋取名利，那算不得真正的行医者。你已经把古代药方熟记在心，还能把医案附在药方后，以利后人，已有济世的胸襟。药方你都学会了，我这里没什么可教你的。唯愿你下山行医后，能用你的法子再将其他古方重写出来，刊布天下。”

华佗立即领悟了师父的教诲：一辈子行医只能救治千百人，而将医学广泛传布，能够后继有人，才是医道。

人物剖析

华佗的记载现在称为“医案”，它可以为医生起到参考、借鉴的作用，华佗将它记录下来，体现了他的“利他”精神，这是无私的医者具备的品质。

主题辨析

我们学习知识，固然可以帮助自己好好工作和生活，但更重要的，我们要利用所学知识创造价值、造福社会。

师父并不愿他留在琼林寺做一名医师，而是希望他走出门去，为天下苍生造福。

华佗恭恭敬敬地给师父磕了三个头，便离开了琼林寺。

虚心求学

华佗下山后，回到家乡开了一间医馆，因为他医术高明，很快就成了远近闻名的名医。

这一天，华佗刚刚开门，几个年轻人就扶着一个病人进来了。这病人的头被旧衣服蒙得严严实实，只能隐约听见他不断地呻吟。华佗问："怎么，是受了外伤，出血了吗？"

一个年轻人说："不是出血，华医生，您来看看吧，搞不清是怎么回事儿呀。"说着，他们七手八脚地将围在那病人头上的衣服解了下来，刚让华佗看了一眼，又匆匆忙忙地围上了，说："特别奇怪，不痛不痒，一夜之间就肿起来了，见不得风，也有些怕光，只好把头包上了。"

华佗只看了一眼，就发现这人头肿得老大，连眼睛都挤得只剩下一条缝了。"吃了什么？或者是家中有没有发现不寻常的虫子？"华佗一边问，一边抬手搭脉。

这些年轻人你一句我一句地说："来您这儿之前也瞧大夫了，也都是像您这样问的，回家查过了，找不到病因。解毒消肿的药也吃过了，不见好啊。"

华佗也感觉到奇怪，因为从病人的脉象上看，他似乎没什么病，就说："这病确实古怪，还真难为我了。"

那些年轻人听华佗这样说，也只好把病人送回去了。

隔了一天，华佗在堂屋中坐诊时无意间看了眼街上，见那头肿的病人已经好了，正赶着两只鹅，喜笑颜开地

词句赏析

"连眼睛都挤得只剩下一条缝了"一句运用了夸张的修辞手法，生动地描写出病人头肿的严重程度。

去赶集呢。华佗忙跑出门，拉住他问："你是不是前日来我这里诊病的年轻人？"

那人一愣，说："朋友们倒是带我走了好几家医馆，无奈我的头被包上了，眼睛也肿得睁不开，不知道是不是来过您这里。"

华佗又问："那你这病是怎么好的？"

那人往身后一指，说："街角卖豆腐的孙老爹，他给了一个方子，我那时也看不见，不知道是什么药，喝了就好了。"

华佗谢过那年轻人，转身就往街角跑，孙老爹正挑着两板豆腐出门赶集，险些被飞奔而来的华佗撞翻。

"这不是华神医吗？"孙老爹认识华佗，华佗曾经向他讨过卤水，用它可以治虫咬，便打趣地说，"您又来讨

我的批注

人物剖析

这里使用侧面描写的方法，用孙老爹的语言刻画华佗的形象，不但体现出华佗医术高明，还突出了他不为名利、处处为病人着想的品质。

主题辨析

此处用华佗的体会说明学习永无止境，不自满，立大志，永远保持学习动力和奋斗目标，才能不断地取得进步，实现自己的价值。

卤水？总是用家常之物治病，不开方不抓药，病人倒是省钱了，可您这医馆怎么挣钱呀？”

“不为这个。”华佗喘了喘粗气，说道，“我想问，那个肿了头的人，您怎么给治的？”孙老爹愣了，说：“没治啊，我又不是大夫。我就是让他从水牛角上刮下三钱粉末来，与葱白一起熬水，喝了就好。”

“这方子，您是从哪里得到的？”

孙老爹笑了笑，说：“难怪你们不知道。我是江南雁峰岭的人，我们那儿有一种花，春夏之际先开黄花，二十多天后它就一夜之间转白，转白之后一两天就谢。这花说来奇怪，转白那两三天里，人碰了它要马上洗手，千万不能揉眼，一揉眼啊，头准是肿的。水牛角上刮下粉末煮葱白，吃下就能好。这花只在雁峰岭有，当地人都会这个法子，你们外乡人却不会知晓。”

华佗心想：所谓医术，乃是各地人千百年来积累的治病经验，有的记在医书里了，还有不少没有记载。我应该多去各地游历，将民间的经验总结提炼出来，这才不辜负师父对我的期望。

华佗收拾了行囊，开始了游历，所到之处，他不但拜访当地名医，还跟百姓请教，学习了不少巧妙的药方。

这一天，他来到南方的一座小城，打听到这里有一位顾神医。他向顾神医的医馆走去，还未到门口，就见那里围着一大群人，一个妇女哭着哀求：“顾神医，您把药方给我们吧，我们回家吃也是一样的。”

“不行啊。”她面前的一位老者拒绝了她，看来他就是顾神医了，他接着说，“必须把病人抬到我这里来，由我亲自看他服药。”

“可是……”那妇人可怜巴巴地看着围观的众人，说，“我丈夫已经人事不省、躺在床上三天了，非要抬到这里来，这不是难为人吗？”

华佗一听，心中生气，他想：这顾神医大概是怕自己的药方泄露出去，因此不愿意开方，病人只能到医馆服用他煎好的药，药是怎么配的，是多大剂量，外人便不会知道了。

想到这儿，华佗大步上前，愤怒地说：“你这么做有违医德，妄称‘神医’！”顾神医上下打量着华佗，见他身背药囊，腰间悬壶，知道他也是医生，便拉他走进医馆，从怀里取出一个纸包，打开来给华佗看了一眼，悄声说：“你有所不知，是这个……”

华佗只看了一眼，就明白自己误会顾神医了，原来那味药是砒霜。砒霜有剧毒，剂量稍有不慎就有生命危险，哪怕剂量合适，医生也要观察病人服药的反应，以便施救。顾神医不给那妇人药方，是怕她弄错了剂量，因此他决定亲自煎药给病人服用。

华佗给顾神医鞠了一躬，郑重地说：“先生仁心，晚辈错怪先生了。”转念一想，他又说：“能否将方子给晚辈看看？”

顾神医从怀里又掏出一张纸。华佗仔细看了看，便知道那病人的病症和顾神医下药的法子了，他说：“先生的方子果然高妙，但是，依晚辈看，那味药似乎可以……”说着，华佗拿起笔，略一思索，在纸上写了几味药的名字，接着说：“用这几味药替代，功效也是一样的。”

顾神医睁大了眼睛，盯着纸上的字，又喜出望外地看着华佗，说：“这个法子绝妙呀！年轻人，你是谁呀？”

“晚辈名叫华佗。”

“啊！”顾神医展开双臂，拍在华佗的肩膀上，“你就是华佗？我已听好多人说过你，果然年轻有为。”

我的批注

主题辨析

虽然顾神医的药方并不如华佗的高明，但华佗能看出他的医德高尚，谦虚地表示要向他学习。这启示我们，在生活中应该善于发现别人的优点，取长补短，才能不断进步。

“先生用药谨慎，医者仁心，是晚辈学习的楷模。”

华佗与顾神医又商量了一番，由华佗亲自去那病人家把了一次脉，终于将他治好了。从此，华佗与顾神医也成了朋友。

就这样，华佗游历了祖国的各个地方，一路行医，一路学习，增长了见识，也提高了医术。

阅读随记

酿酒始祖杜康

扫码获取音频

引言

杜康是保管粮食的人，因为那时候没有科学的保管方法，粮食时常发霉。有一次，他将粮食放到树洞里，结果两年过后，树洞里的粮食变成了酒。因此，传说中，杜康被称为“酿酒始祖”。

黄帝建立部落联盟后，开始耕种粮食。传说，起初，黄帝命杜康专管生产粮食。杜康很负责。由于土地肥沃，风调雨顺，连年丰收，粮食越来越多。那时候，由于没有仓库，更没有科学的储藏方法，杜康只得把粮食堆放在山洞里。久而久之，山洞潮湿，粮食全发霉了。黄帝知道这件事后，非常生气，撤了杜康的官职，叫他去保管粮食。黄帝说，如若再有粮食发霉，就要处死杜康。

杜康由负责生产粮食的大臣变成粮食保管员，心里十分难过。但他又想到嫘祖、风后、仓颉等人，都有所发明创造，立下了大功，唯独自己没有功劳，还犯下大罪，想到这里，也没怨气了，只暗下决心，非要把保管粮食这件事做好不可。

杜康想了几天几夜也没有想出好办法。有一天，他在一片森林里发现一片开阔的地方，周围几棵大树枯死了。树冠没了，只剩树干，树干里边全是空的。杜康灵机一动，心想：如果把粮食装在树洞里，不是更保险吗？再也不怕粮食发霉了。

杜康把这件事和周围人一商量，大家都同意杜康的

人物剖析

杜康能够理性地检讨自己的过错，不抱怨，并且下决心做好新的工作，说明他是一个能够自省、有责任心的人。

词句赏析

“灵机一动”指急忙中想出好办法。这里指杜康一下子想到了保管粮食的好办法。

主意。大伙儿把树林里枯死的大树都一一掏空并修理妥当。没几天就把收来的粮食全部装进了树洞。

两年后，树洞里装的粮食经过长期风吹日晒雨淋，慢慢开始发酵了。一天，杜康上山查看粮食的情况，突然发现一个装粮食的树洞周围躺着一些山羊、野猪、兔子。他本来以为这些野兽死在这里了，可是走近一看，它们都还活着，个个在睡大觉。杜康一时弄不清这是什么原因。他正在纳闷时，一只野猪突然苏醒，蹿进了树林。接着，山羊、兔子也醒来跑掉了。杜康受了一场虚惊，正要往回走，又发现两只山羊走到装粮的树洞前，仰头用舌头舔树洞。

情节解析

野兽们在树洞周围睡大觉的奇怪现象引起了杜康的好奇，这为下文描写杜康发现酿酒的秘密埋下伏笔。

杜康躲在一棵大树后，想看个究竟。那两只山羊舔了一阵儿，便东倒西歪，走了不远，就躺倒在地。杜康连忙跑过去抓住两只山羊，随手绑住，详细查看树洞上的是些什么东西。不看则已，一看可把杜康吓坏了。原来装粮食的树洞，已裂开细缝，裂缝处不断渗出液体，山羊、野猪、兔子就是舔了这液体才睡着的。杜康一闻，渗出的液体特别芳香，他不由得舔了一口，觉得有些辣涩，但气味特别浓香。他又尝了几口，越尝越想喝，不由自主地喝了几大口，渐渐地觉得天旋地转，身不由己地倒下，也睡着了。

杜康睡了多长时间，谁也不知道。当他醒来时，他绑住的那两只山羊，一只已跑走了，另一只正在挣扎。不知是因为睡了一觉，还是喝了这浓香的液体的缘故，杜康觉得精神饱满，浑身是劲儿，一把就把正在挣扎、企图逃跑的山羊捉住了。他顺手摘下系在腰间的葫芦，把从树洞细缝渗出来的浓香液体装了一葫芦带回去。

杜康把他的经历向其他人讲了一遍，又把带回的浓香的液体给大伙儿品尝，人们都觉得稀奇。有人当时就提出应该赶快把此事报告给黄帝。可是其他人却不同意，理由是杜康过去因为粮食发霉被降了职，现在把粮食装进大树洞里，又化成液体，黄帝知道后，必然会生气。杜康却不慌不忙地对大伙儿说："事到如今，不管是好是坏，绝不能瞒着黄帝。"说着他就提着葫芦去找黄帝了。

黄帝听完杜康的报告，又品尝了杜康带来的浓香的液体，立刻请来各位大臣，对此事进行了一番商议。众大臣一致认为这是粮食中的一种元气，并非毒水。黄帝没有给杜康降罪，而是命他回去继续观察研究，又命仓颉给那液体起个名字。仓颉脱口说道："此水香而醇厚，饮而得神，应起名叫'酒'。"黄帝和众大臣同意了这个名字。

我国远古时期的酿酒事业，就从黄帝时期开始了。后人为了纪念杜康，尊他为"酿酒始祖"。

人物剖析

在不能判断事情好坏的情况下，杜康坚持要把事实告诉黄帝，说明他是一个正直、有担当的人。

阅读随记

扫码获取音频

包公的故事

引言

包公是中国家喻户晓的历史人物。他廉洁公正，不畏权贵，铁面无私，敢于替百姓申不平，有“包青天”的美名。同时，他又足智多谋，在民间故事中是智慧的象征。

胭脂山

今天的安徽省天长市，在北宋的时候叫天长县，包公在这里担任了三年县令。县城里有座山，满山尽是桃树，每年桃花开时，整座山都红艳艳的，像是抹上了一层胭脂，因此人们叫它胭脂山。传说山上的桃树，就是包公当县令时栽的。

词句赏析

这里将红艳艳的桃花比喻成胭脂，不仅介绍了“胭脂山”名字的来历，而且生动形象地写出了山的美丽。

包公刚一上任，就脱下官服，换上便装，走出县衙，到城中访查民情。转了几条街，见前面有一座黑土山，他便走到旁边几位晒太阳的老人身边，问道：“老人家，一般建城都是城外有山，这天长县城怎么把这土山建到城内了？”

一位老人说：“你有所不知，建城的时候没有这土山。话说那是我小时候了，城里的水道淤塞，县里把水道拓宽、挖深，挖出的泥就堆在那儿了，有好几十年了。”

“当时为什么不直接把这些泥运到城外呢？”

“那就别提了，当时的县令是一个贪官，朝廷拨下来的钱被那县令贪污了不少，到最后钱不够，雇人运土的钱都没有了。”

另一位老人说：“这可坑死人了。那土山里含了不少河泥，太阳晒几天，它就哗哗地掉土，风一吹，各家各户没一处干净的地方；要是下雨就更糟了，泥汤子顺着大街流。”

听到这里，包公心想：做官贪污一次，就给百姓留下几十年的难题，为官一任，还是应该造福一方，这才对得起黎民百姓。他说：“若是县里再筹些钱，雇人把这山移到城外，可好？”

一位老人摇摇头，说：“难啊，一是这需要不少钱，二是即便钱够，人手也难找。”另一位老人说：“法子倒是有，种树便可以固定住那些泥土。我年轻时想在山上种树来着，但咱们小老百姓，一辈子能种几棵呀。”

包公心里有了主意，他回到县衙，拨出银子来买树苗。俗话说“桃三杏四梨五年”，桃树长得快，包公就让人全部买桃树苗。

过了几日，桃树苗运到天长县了。包公心想：要赶在今年雨季来之前全部种完，雇工多花不起那么多钱，雇工少又干不完。他心念一动，贴出告示：请全城百姓帮忙种树，谁种的树，以后结的桃子就归谁。

人物剖析

包公想出既不用多花钱，又能够快速完成种树工程的法子，体现出他的足智多谋。

县里百姓纷纷来县衙领树苗，包公也亲自带了树苗上山种树，没出五天，整座黑土山便栽满了桃树。

第二年春天，满山的桃花开了，像极了城中百姓的笑脸，孩子们盼望吃上自己种的桃子，就像盼望着甜美的好日子。

包公巧断案

包公在天长县做了三年知县，路不拾遗，夜不闭户，

人物剖析

包公上任一不摆排场，二不浪费朝廷的钱，这是他为官清廉、大公无私的体现。

朝廷见他是个人才，就把他调到了其他县城。那里有些人为非作歹，朝廷希望包公能把它治理得像天长县一样好。

包公是个清官，他没用朝廷的车马，把官服恭恭敬敬地叠好放在包袱里，换了件旧衣服，就步行去上任了。

一进城门，包公就见到一群百姓围在一起，里面有一个小孩儿哭哭啼啼地说："我卖了一上午油条，卖完后仔仔细细地数了两遍，赚了五十枚铜钱呢。我打算用一半给我娘抓药，一半买米，可我就靠在城墙边打个盹儿，钱就被偷了。这可怎么办呀……"

包公又听见人群中一个大爷说："这孩子真可怜，他爹死得早，他娘拉扯他长大，眼见着孩子大了，日子有盼头儿了，他娘又病了。这孩子天天卖油条，挣点儿钱将将巴巴够一天花销的，天杀的贼，怎么偷这孩子呢？"

一个中年汉子接口说："我听说新任的县太爷要到任了，不知道是个啥样人，能不能治治这些贼。"

包公本想表明身份，下令抓贼，但转念一想：小偷可能就在这群围观的人里，这一声张，可不就把他惊跑了吗？

这时，他又听见一个婆婆说："不光偷钱呢，我家老母鸡下的蛋，本来想攒多了再卖，也被偷了。"

包公听了，眼前一亮，想定了主意，拔腿就往县衙跑。

很快，衙役们敲着锣，走街串巷地喊："新老爷上任了，老爷有恩典，开仓放粮，一文钱可以买一升米，仅限今天。"

城里百姓听了，非常欣喜，奔走相告，很快，县衙旁的米仓前就排起了长队。包公命人搬来一只大木盆，盛上水，让每个买米的人将铜钱投到盆中，他就在盆边坐着。

扑通，扑通，扑通……买米的人排着队，一个个投了铜钱，高高兴兴地去领米。突然，包公大喝一声，指着刚投了铜钱的人，吩咐衙役道："将这贼人捉了！"

原来，包公听婆婆说这贼连鸡蛋都偷，断定他是一个爱占便宜的人，便想出这个主意，因为那孩子卖油条，手上沾满了油，他数钱的时候定会将油蹭在了铜钱上。包公见那小偷将铜钱投入盆中，水面立即浮起了油花，便断定这是孩子被偷的钱。

人物剖析

包公想出法子，让小偷自投罗网，这体现出包公遇事沉着冷静，善于动脑筋的性格特点。这启示我们面对困难时不要慌乱，应该尝试多角度地思考问题、解决问题。

那小偷抵赖不过，乖乖承认了罪行，把偷来的钱还给了孩子。经过这件事，县城的百姓都说包公是个聪明、公正的好官，原先那些小偷小摸、为非作歹的坏人也都不敢再犯案，慢慢地改邪归正了。

阅读随记

木 兰 从 军

扫码获取音频

引言

木兰十几岁时，朝廷招兵，她父亲的名字也在名册上。但父亲因年老多病不能从军，木兰便女扮男装，代父出征。木兰驰骋沙场，立下战功，成为古今传颂的巾帼英雄。

在南北朝时期，北方有个武艺高强的姑娘名叫花木兰。她年轻有活力，擅长骑马，有一手好箭法。

一天，里长来送征兵文书。朝廷要抵抗北方游牧民族柔然的侵扰，规定每家必须出一名男子，要征木兰父亲从军。

夜里，木兰父亲和妻子商量：自己年老多病，家里没有长子，小儿子年纪尚小，只能自己上前线。夫妻俩唉声叹气，木兰隔着墙听见了，也叹息不已。

木兰一夜未合眼，下定决心代父从军。第二天一大早，她偷偷溜出家门，去集市的东边买了一匹马，又买了马鞍与驭马的嚼子、笼头、缰绳，以及马鞭。然后，木兰剪短了长发，穿上男子的装束，跨上马，一下子变成了一个俊朗的小伙子。

木兰收拾妥当之后，向父母表明了自己的决心。父母虽万般不舍，但见事已至此，只得同意。一家人抱在一起，依依惜别。

木兰离开了从小生活到大的家乡，过了黄河，披星戴月，翻山越岭，急奔前线。行军途中，有一个战士说

我的批注

妇女在家安享清福，苦差事都让男子做了，木兰道：“杀敌救国，就是战死，也很光荣。妇女在后方也有责任，供给前方衣食所需，怎么能说无用！”

木兰他们这批新兵被编队听用。在一次整顿兵马后，敌兵来犯。两军交锋时，敌军忽然退走，元帅不知是计，上前去追，不料被伏兵从两侧包围。元帅大惊，想退回已经来不及了，只得死命拼杀。危急时刻，木兰赶来杀退敌军，救走元帅。木兰又杀了个回马枪，冲进敌营，杀得敌兵大败而逃。自此之后，木兰很受元帅的器重，她身经百战，屡建奇功，并不断地得到升职赏赐。

一日夜深人静，木兰奉命巡营，忽见宿鸟惊飞，自北而南，她怀疑敌兵夜袭，便去告知元帅。木兰与元帅设计将人马撤出大营，四下埋伏，等候敌人入网。元帅又命木兰带领一支人马，伺机去夺取敌兵的营寨，元帅随后策应。

敌军屡次挑衅，却久未得手，这次发动了全军来偷营，满心想着会马到成功。谁知摸进大营来，却只见空寨一座，自知中计想退时，四下伏兵已杀来，自是死伤无数。好不容易退回嘉峪关，又遭遇木兰拦截，敌军将领被木兰打下马来。敌军见将领被擒，大势已去，便纷纷投降。木兰一面派人禀报元帅，一面进城安民，并吩咐士兵严守军纪，不得妄动百姓和一草一木。嘉峪关百姓喜迎大军进城。

木兰手臂受了箭伤，在营中休养。元帅来探望，并欲将自己的女儿许配给木兰。木兰推说箭伤发作，请求返乡探亲。这时几个将领也来探病，大家纷纷羡慕她将要成亲。木兰假称自己家中有妻，能敌千军万马，众将不信。朝廷宣诏劳军，颁给木兰黄金玉帛。天子向木兰表示祝贺，木兰说道：“愿驰千里足，送儿还故乡。”

主题辨析

花木兰虽然是女子，但是她巾帼不让须眉，女扮男装，替父从军。在这番话中，她肯定了在后方做贡献的女子的价值，传达了赞颂女性、赞颂劳动与付出的主题思想。

人物剖析

花木兰在夜晚巡逻时，能够细致入微地发现宿鸟惊飞的异常现象，因之怀疑敌兵会夜袭，并且报告给元帅，说明她非常有责任心、有智慧。

人物剖析

从花木兰进城时吩咐士兵严守军纪、不伤害百姓的态度可以看出，她是一个遵守军令、心系百姓的人。

木兰回乡，百姓沿途招待；回家以后，父母姐弟出来迎接。全家团圆，人人欢喜。她脱去战袍，换上女装，出门去见战士们。大家这时才知，木兰原来是女孩。

阅读随记

扫码获取音频

孟　姜　女

引言

孟姜女的丈夫范喜良，被秦始皇征召，前往寒冷的北方修筑长城。孟姜女千里寻夫，不想她丈夫早已劳累而死，被埋在了长城脚下。孟姜女悲痛不已，日夜恸哭，感天动地，最终哭倒了长城，丈夫的尸骨露了出来。

秦朝的时候，有户姓孟的人家，老两口只有一个女儿，叫孟姜女。这孟姜女美丽大方，聪明能干，十里八乡都很有名。孟姜女长到了十六七岁，由家里父母做主许配给了同村的青年范喜良。

秦始皇统一六国后，大兴土木，先是修建阿房宫，后又在寒冷遥远的北方修筑万里长城。朝廷就在全国范围内大肆抓壮丁服徭役，老百姓苦不堪言。范喜良也在征丁之列，整日东躲西藏。倒不是他害怕辛劳，只是他和孟姜女成婚不到一个月，两家老人又都年迈，这个家实在不能没有他。

一天，范喜良在外躲到日落西山，才悄悄回到家里。哪知不一会儿，官府差役又上门抓人了，由于没有防备，范喜良当场被绑走。孟姜女追在后面，苦苦哀求，只得到差役一句“要带他去北边修筑长城”的话。新婚不满一个月，丈夫就被抓走，孟姜女整日以泪洗面，但是看着年迈的公婆，她只能打起精神忙里忙外，把家人照顾好。

时间在日复一日的等待中过得很快，转眼已经两年多了。刚开始，范喜良还三五不时有口信捎来，可后来半年没有收到他的音讯了。孟姜女心急如焚，她惦记着自己的丈夫，想着不知他吃不吃得饱，有没有生病。秋风起了，天气凉了，孟姜女又担心丈夫离家时的棉衣恐怕已经不保暖了。她整日盯着从北方飞向南方的大雁，心里想着：若是我也有一双翅膀该有多好啊，我就能飞去北方看看我的丈夫了。

公婆也日夜惦记着儿子，看到孟姜女这副样子，就对她说："孩子啊，我们实在是惦记喜良，可惜年纪大了，走不动了。你不用担心我们，我们可以照顾好自己，你放心地去找喜良吧，哪怕是能打听到他的消息也是好的。"说完，两个老人家轻轻地抹了抹眼泪。

孟姜女一直很孝顺，自从丈夫去服徭役，她一日不落地尽心尽力服侍公婆。虽然担心丈夫，但她还是放心不下家里。直到婆婆哭着说，天气冷了，只怕范喜良在寒冷的北方，衣裳单薄不能御寒，又怕他这么久没有消息，病倒了无人照顾，自己也夜夜不能安睡。为了丈夫，为了让公婆安心，孟姜女连夜缝制好厚厚的棉衣，收拾了包袱，安顿好公婆，踏上了北上的寻夫路。

越往北走天越冷，经常寒风呼啸，飞雪飘飘。这一路上，孟姜女渴了就舀一口河水，饿了啃几口干粮。她逢人便打听长城在哪里，顺着人们的指引，她一路向北，爬过了一座座险峻的高山，渡过了一条条湍急的河流。

孟姜女心里惦记着丈夫，于是和天上的飞鸟诉说着自己的心事，她多么希望鸟儿可以把她的消息带给远方的丈夫啊。看着天边的云，她也喃喃自语，希望白云飘回家乡，告诉公婆自己就快到了。

没有人家可以落脚的时候，孟姜女就在破庙的角落里躲避寒风。又冷又饿的孟姜女，小心谨慎地抱好包袱，生怕把丈夫的棉衣弄脏了、弄湿了。"再等一等，我带着厚厚的棉衣来看你了。家里爹娘都好，只是很惦记你。你在哪里呢……"孟姜女对着漆黑的夜，低声诉说着心里话。

这一路上，也有很多人家好心收留她，告诉她北方路途遥遥，凶险无比，她一个弱女子走不到。可是孟姜女内心无比坚定，她一定要找到自己的丈夫。这些人家，家里的男人也都在服徭役，只剩下老人、女人和孩子。他们见孟姜女这样坚定，都很感动。他们拜托孟姜女，如果见到了自己家的男人，要告诉他们家里人日夜盼着、等着，要早日回家和家里人团聚。

孟姜女记下了这些人的名字，谢过收留她的好心人，继续踏上漫长的寻夫路。这一路上，孟姜女见到了太多没有男子的人家。秦始皇修建长城，无数的家庭被拆散，无数的娃娃见不到父亲，无数的白发老人日夜惦记着自己的儿子，无数的妻子流着泪思念着丈夫。

终于，孟姜女来到了长城脚下。长城真高啊，有三四层楼那么高；长城真长啊，一眼望不到尽头；长城真结实啊，一块块城砖严丝合缝地砌在一起。这都是范喜良和千千万劳工靠着双手建造的。

孟姜女的脚早就磨破了，可是她顾不上；她的手早就生了冻疮，可是她顾不上；她的衣服也早已破烂不堪，可是她顾不上。她满心都是要见到丈夫的喜悦。孟姜女一路打听，终于有老汉说见过一个自称是范喜良的人，身材样貌也都对得上。孟姜女高兴坏了，她赶紧说道："老人家，范喜良是我丈夫，我给他带了棉衣，走了两个多月的路才来到这里。请您告诉我他在哪里吧！"

老汉沉默了，不仅老汉不出声了，周围的人也都默默走开了。孟姜女心里一沉，眼泪簌簌地落下来。她拉住老汉，颤抖着声音说："家里公婆年迈，很惦记儿子，我答应他们要把棉衣送到丈夫手中，要把他的消息带给家人……不论怎样，请您告诉我，范喜良在哪儿……"说罢，她已泣不成声。

老汉叹了一口气，说道："范喜良已经死了。他跟我说过家里的事情，他还说等长城修好了就赶紧回家孝顺父母，好好和媳妇过日子。可是……"老汉抹了抹眼睛，继续说："我们的活儿太累了，你也看到了这石头，多沉啊。这城墙，都是我们肩扛手提建成的。范喜良他起早贪黑地……他……他……"老人说不下去了。

宛如一道晴天霹雳，孟姜女只觉眼前猛地一黑。她张了张嘴，却发不出声音，只好抹了抹眼泪，扶着墙缓了一下心神。接着，她向老人深深行了一礼："还求您能告诉我，我的丈夫，他……他被葬在了哪里？"

"我们这样的人，活着都没人在意，死了也没有什么葬在哪里的讲究。尸体，都是一辆车一齐拉走，填城墙罢了。"老汉无奈地摇摇头，放低声音说道，"我这把老骨头，也不过是在这里挨日子罢了，早晚也是……"

孟姜女万念俱灰，不禁号啕大哭。她不知道自己丈夫的尸骨到底在哪里，无处寻找的她只能沿着长城一路走一路哭。

鞋子走丢了，手掌磨破了，眼睛哭肿了，可孟姜女还是一路走一路哭。她手扶着冰冷的城墙，想到自己一路上的艰辛，想到自己临行前公婆的嘱托，想到自己和丈夫相处的点点滴滴，想到如今连丈夫的尸首都不能见到，直哭得昏天黑地，直哭得日月无光，直哭得海水翻卷。突然间，轰隆隆的响声乍起，只见长城坍塌了一块，而且随着孟姜女的哭声，坍塌还在向远处延伸。孟姜女生生哭塌了八百里长城。

长城坍塌之后，露出了埋在长城脚下的大量尸骨，这都是曾经修筑长城的劳工。孟姜女顾不得许多，一边哭一边寻找丈夫的尸首。范喜良手腕上有她亲手系上的红绳，那是祈求平安的。凭着这红绳，孟姜女终于找到了范喜良，只不过天人永相隔，她跪坐在石砖旁，痛哭不已。

扫码获取音频

李白求师

引言

李白是唐代杰出的浪漫主义诗人，他一生创作了许多脍炙人口的诗句，如“飞流直下三千尺，疑是银河落九天”“桃花潭水深千尺，不及汪伦送我情”等，妇孺皆知。这样一位才华横溢的人物，又会向谁求师呢？

我的批注

大诗人李白有两个爱好，一是喝酒，二是游山玩水。有人统计过，他一生游历过206个州县，登过80多座山。这一年，他来到安徽黄山游玩。

黄山脚下有一座县城叫歙县[1]，这里的特产竹筒酒非常有名，李白早就想尝尝，刚住下就赶忙上街去买酒。

到了酒店，闻着一股带着竹香的酒气，李白不禁诗兴大发，正在思索之际，听见隔壁柴草行里有人说话。

一个年轻的声音问：“老人家，您这么一大把年纪，还能挑这么多柴草，身体真是硬朗啊。您家住哪儿？”

一阵声若洪钟的爽朗笑声过后，只听一位老人吟诗道：

负薪朝出卖，沽酒日西归。
借问家何处？穿云入翠微！

---

① 歙（shè）县：位于安徽省南部，隶属于黄山市，为中国历史文化名城。

李白一听，这首诗好呀。他忙问酒家的小伙计。小伙计告诉他："听说他叫许宣平。这老人家隐居在黄山中，但我们也不清楚到底在哪座峰。他每天都挑柴到县城里卖，卖了柴就打酒喝，一路走，一路喝酒，一路吟诗。"

李白心想：人人都说我是"诗仙"，与这老翁相比，他才配得上这"仙"字。

李白转身走出酒店，向柴草行方向望去，只见那老翁已经走上了街头的小桥，小桥那边是一片竹林，过了竹林便是进山的小路了。老翁满头的白发在脑后飘动，远远望去，在一片翠竹的掩映下，仿佛一潭碧绿的潭水上缥缈的丝丝云气，越发显得超凡脱俗。

李白忙追上去，但别看老翁走得不疾不徐，李白却追不上，他上了小桥，穿过竹林，追得气喘吁吁，却连老翁一面都没见到。李白听着风吹竹叶的声音盈盈飘来，似有若无，宛如仙乐，心想：莫非我真的遇到了仙人？

接连几天，李白每天一清早就守在柴草行门口，等到日落西山，都没能再见到那老翁。

李白心想：既然这老翁隐居在黄山中，我干脆进山去找他。于是，他准备了干粮、装满了酒壶，踏上了进山的路。一路上，他翻过一座座开满野花的山冈，蹚过一道道湍急的溪流，见过了一次次日升日落，山中峰岭翠绿、奇石挺拔、云海缭绕，但李白没有心思欣赏美景，只顾赶路。可是走了一个月，还是没见到老翁的影子。

这一天，李白来到一座山峰下。山下有条很宽的河，李白正想着如何蹚过去，就见上游漂下一条小船。一位鹤发童颜的老者正站在船头，手持一根绿竹篙。待船来到近前，李白问道："老丈，请问，许宣平老翁家在何处？"

那老丈头也没抬，只是说："门前一杆竹，便是许翁家。"

人物剖析

此处运用了侧面描写的手法，通过小伙计的介绍，展现出许宣平豪放洒脱、自在逍遥的形象。

人物剖析

李白喜好游山玩水，但此时他见了美景也无心欣赏，没有停下脚步，这说明李白想要找到老翁的心情急迫、意志坚定。

李白大喜，心想：终于有许老翁家的消息了，这一趟真是没白跑。但转念一想，这山里处处都是翠竹，门前种竹的人家可不少，这消息似乎也没多大用处。李白还想继续问问，可那小船已经漂走了。

李白远远地望着，见那老丈的身影越来越小，仿佛那日在歙县城中见到的许宣平的背影，突然醒悟：这就是许老翁啊，“门前一杆竹”，他可不就是在船头持着一根绿竹篙嘛。

李白望着小船的方向往下游走去，他心想：只要看到小船泊岸的地方，就离许老翁家不远了。走了很久，太阳快落山了，余晖给平静的河面镀上了一层金黄色。李白终于找到了小船，它安静地停靠在岸边，船头插着那根翠绿的竹篙。

词句赏析

环境描写营造了许老翁家附近清幽、恬淡、雅致的氛围，侧面烘托出许老翁超凡脱俗的形象。

李白走上前去，见岸边有块巨石，上面还刻着字：

隐居三十载，筑室南山巅。
静夜玩明月，闲朝饮碧泉。
樵夫歌垄上，谷鸟戏岩前。
乐矣不知老，都忘甲子年。

李白仔细地读了两遍，失声叫道：“妙哉，此诗称得上仙品，我当和诗一首。”他略一沉思，吟道：

我吟传舍诗，来访真人居。
烟岭迷高迹，云林隔太虚。
窥庭但萧索，倚柱空踌躇。
应化辽天鹤，归当千岁余。

“还不错。”李白刚一吟完，就听见许老翁的声音，

他从巨石后转出来，站在李白面前，说，“听山里朋友说，有个人四处打听我，就是你吧？你是谁呀？”

李白深深地作了一个揖，说：“我是李白。”

许老翁微微点了点头，说：“听说过你的名号，贺知章称你为‘谪仙’。果然，诗作得还不错。”

李白忙说：“我哪里担得上这个‘仙’字，我是特地拜访先生、向您学诗的。若先生不肯指点，我便住在这山中不走了。”

许老翁闭目沉思了一会儿，开口说：“若说诗，我是指点不了的。但若说诗中的仙气，我倒要说上两句。我听说你总想当官，但有时又瞧不起那些权贵。你想做官，那便有了争竞之心，你瞧不起权贵，多少心存傲慢之意。你心中不平，就脱不了一个‘俗’字。你在我这儿住下吧，每日随我观日落、听竹啸、品微风、沐细雨，脱一脱你身上的俗气。”

情节解析

许老翁认为李白有名利心，会导致诗作境界不高。所谓“诗言志”，作者的思想境界决定了作品的高度，许老翁虽然没直接教李白作诗，但用自己的方法提高了李白作诗的水平。

从此，无论在漫天的朝霞里，还是在落日的余晖中，人们经常看到李白与许宣平老人坐在溪水边的青石上饮酒吟诗。今天，黄山鸣弦泉边的摩崖上刻着“鸣弦泉”三字，在其旁边又有三个小字“洗杯泉”，据说，这几个字都是李白题写的，当年李白和许宣平就经常来这里，用泉水来洗酒杯。

李白在黄山住了多日，有一天早上他酒醉醒来，却不见了许宣平老翁的踪影。他本想去找，但山中清风吹得他五脏通透，鸟鸣与溪流声听起来心旷神怡，他哈哈大笑，说道：“已脱去一身俗骨！”

说罢，李白便下山去了，边走着，边大声吟着一首诗：

问余何意栖碧山，笑而不答心自闲。
桃花流水窅然去，别有天地非人间。

环境描写

姓　　名：

年　　级：

阅读日期：

环境描写指的是对人物所处的具体的社会环境和自然环境的描写。在文学作品中，环境描写起着很重要的作用。

- 环境描写
  - 自然环境：自然界的景物，如季节变化、风霜雨雪、山川湖海、原野森林等
  - 社会环境：能反映社会、时代特征的场所、建筑、陈设及民风民俗等
  - 作用
    - 烘托人物形象
    - 渲染气氛
    - 推动情节发展
    - 体现人物心理
    - 交代社会背景
    - 揭示人物性格
    - 增加故事真实性

请你在《李白求师》中选择一处环境描写的句子，摘录下来，先判断它是自然环境描写还是社会环境描写，再试着分析它的作用。

摘录：

判断：

作用：

扫码获取音频

唐伯虎的传说

引言

唐伯虎是明代的书法家、画家，在民间故事中，他是一位风流才子。传说，他曾送给更夫一幅画，画中的纺织娘[1]能帮人看更；友人祝枝山也请他画纺织娘，但他却让纺织娘叫个不停。

送给更夫的一幅画

唐伯虎是我国明代的才子，他的书法、绘画在当时就受到很多人追捧，加上他天性风流，喜欢游山玩水，被人称为风流才子。

唐伯虎家住在小巷子里，巷口有个牌楼，装着栅栏，白天栅栏打开、行人通行，晚上定更的时候就把栅栏关闭、上锁。

唐伯虎有一位好朋友叫祝枝山，唐伯虎经常去他家喝酒，喝着喝着就忘了时辰，怎么可能在关栅栏前回家呢。好在负责这条巷子的更夫知道唐伯虎是个才子，每次他晚归，更夫都等在巷子口给他开门。

这一天，天降大雨，唐伯虎还是大半夜才回来。他远远地见那更夫举着伞，蜷缩着倚在牌楼下等他。唐伯虎很是过意不去，就画了一幅画送给更夫。

更夫非常高兴，只见画中有三根毛竹，每根十二节，

情节解析

从更夫的行为举止可以看出他是个善良的老实人。更夫的举动为故事的发展埋下了伏笔。

① 纺织娘：蝈蝈的俗称。

毛竹根的地方有一只跃跃欲试、正要往上爬的纺织娘，毛竹的顶上立着一只翠毛白肚皮小鸟，它歪着头，凝着眼神盯着下面的纺织娘，好像在想怎么能把它捉住。

更夫说："听说县太爷重金求您一幅画，您都不给，我怎么这么有福气？我回家就把它挂起来。"

唐伯虎忙说："别挂，别挂。你不知道这画的妙处。你须在定更时挂起来，小鸟往竹下跳一节、纺织娘往竹上爬一节，你就打一更天；小鸟再跳一节、纺织娘再爬一节，你就打二更天。如此，你打到五更时，小鸟与纺织娘中还间隔两节。这时你就要把画卷起来，千万别让它们遇见，否则这鸟就把纺织娘吃掉了。第二天你再在定更时展开，它们就又回到原来的位置了。"

"啊，还有这种妙处？我不知道怎样谢您才好。"

"不必谢我，你每日等我回来，实在是我常给你添麻烦。你挂好画后，不必在栅栏那儿守着。听见那小鸟叫了，就是我要回来了，你再出门不迟。"

我的批注

更夫又惊又喜，将画拿回家去。果然，小鸟跳下一节、纺织娘爬上一节，便是一个更次；小鸟叫了之后，他再出门，走到栅栏旁时，唐伯虎正好刚刚到。从此，更夫不但打更更准了，闲时还可以在家歇歇脚。

过了些日子，夜晚巡城的官兵发现更夫总是不在岗位上，而是到时间了从家里出来打更，打得还挺准，就报告给了县太爷。县太爷将更夫叫去，更夫不敢隐瞒，将唐伯虎送画的事情讲述了一遍。

县太爷气不打一处来，心想：好你个唐伯虎，请你给我画你不画，反倒送给更夫一幅。他欺负更夫老实，命人将画抢到自己家中。

我的批注

说来也怪，县太爷把画挂在卧室，一到定更，那小鸟就叽叽喳喳叫个不停，一直吵到四更天，县太爷根本没法儿睡觉，只好将画拿出卧室，挂在了厅堂上，小鸟就不叫了。

县太爷折腾了大半夜，困极了，忘了五更天就要把画收起来，回卧室倒头就睡。第二天再一看画，只剩下三根光秃秃的毛竹，纺织娘被小鸟吃掉了，小鸟也飞走了。

画纺织娘

唐伯虎送给更夫画的事，被他的朋友祝枝山知道了。这一天，两人又在祝枝山家喝酒玩乐，聊着聊着，祝枝山想起那件事，非缠着唐伯虎给他画一张。

“你快给我画一张，也要鸟能叫、纺织娘能跳的。”说完，祝枝山把唐伯虎面前的酒杯拿到自己手中，大有唐伯虎不画就不再让他喝酒之意。

唐伯虎正喝到兴头上，怎么肯就此罢休，只好答应：

"好，好，画一张。"

唐伯虎铺好了纸，笔尖蘸了蘸墨，微一凝神，只见胳膊扬出去三次，手腕抖了几抖，纸面上便画出三枝墨竹，一枝傲立，一枝微躬，一枝似乎在风中摇摆，栩栩如生。

唐伯虎换了支细一些的笔，又在墨竹根部点了几点，祝枝山还未看清，一只纺织娘便画好了。它的两条后腿有力地蹬着地，一对前腿扒着竹子，头向上仰着，触须仿佛在轻轻颤动。

唐伯虎又换了一支笔，正打算找绿色的颜料画小鸟，祝枝山一把拦住他，说："鸟儿就不画了，免得它又吃了纺织娘。"

唐伯虎哈哈大笑，放下了笔，又和祝枝山喝酒去了。

祝枝山得了唐伯虎的画，心中高兴，免不了多喝了几杯，很快就醉倒了，连唐伯虎什么时候走的都不知道。

半夜，祝枝山醉意稍稍退去，但醒来时还是天旋地转，双眼迷离。他想喝口茶解解酒，刚挣扎着起来，就听见屋里"唧唧""唧唧"地有东西在叫。

祝枝山举着油灯，蹲着身子，在墙根找了半天，什么都没找着。再仔细听，嗨！声音不在墙根，在头上。他站起来，揉揉眼睛，顺声音找去，敢情墙上趴着一只纺织娘，两只翅膀正抖得来劲儿，唱两句歌还扭头看看祝枝山。

"原来是你在吵，莫非你也喝多了？"祝枝山想也没想，一巴掌拍过去，纺织娘蹬了蹬腿，掉到地上去了。

祝枝山喝了口茶，又倒在床上沉沉睡去了，第二天日上三竿才醒。"哎呀，怎么如此大醉，我昨晚和谁喝酒来着？"他闭着眼睛想了想，这才回忆起和唐伯虎喝酒，唐伯虎还画了一幅画……

他骨碌一下爬起来，嘴里不住念叨："画儿，我那宝贝

人物剖析

此处作者只用了"凝神""扬""抖"几个动作，唐伯虎便将三枝形态不一的墨竹画好了，凸显他绘画的水平高超。

词句赏析

祝枝山还没醒酒，所以说的话不合常理。对话将人物醉酒的状态表现了出来，符合人物当时所处的情境。

画儿放哪儿了？”走到画前，这才发现画中只剩光秃秃的三根竹子，一低头，那纺织娘仰着肚皮，早已经死了。

这时，唐伯虎来了，一进门就喊：“祝兄，昨夜睡得可好呀。”

祝枝山傻愣愣地站在那儿，愁眉苦脸地说：“这纺织娘死了。”

唐伯虎笑笑：“祝兄有所不知，这纺织娘是我醉中画的，因此它也贪酒，若闻到酒味儿，就叫个不停。看来，它昨晚是溜下来偷酒，已经醉死了。”

说着，唐伯虎又取了笔，说：“我再给祝兄补画两只，但若要它们不死，祝兄须戒酒才行，千万不能再让它们闻到酒香了。”

祝枝山忙拉住唐伯虎说：“让我戒酒可比登天还难，算了算了，不画也好，我们还是接着喝酒吧。”

人物剖析

唐伯虎急着与祝枝山喝酒，并不想画画，他知道祝枝山不可能戒酒，就故意以此为要挟逃避画画。这表现出唐伯虎机智过人，为人幽默。

好词好句

好词摘录

傲立　微躬　摇摆　栩栩如生

（摘录理由：写出了唐伯虎画作的精妙。）

好句摘录

说来也怪，县太爷把画挂在卧室，一到定更，那小鸟就叽叽喳喳叫个不停，一直吵到四更天，县太爷根本没法儿睡觉，只好将画拿出卧室，挂在了厅堂上，小鸟就不叫了。

县太爷折腾了大半夜，困极了，忘了五更天就要把画收起来，回卧室倒头就睡。第二天再一看画，只剩下三根光秃秃的毛竹，纺织娘被小鸟吃掉了，小鸟也飞走了。

（摘录理由：写出了唐伯虎的画的神奇以及带给县太爷的困扰。）

唐伯虎对对子

扫码获取音频

引言

唐伯虎在与朋友出游时，遇到了美若天仙的秋香并对她一见钟情，于是他决心到华府当家丁以追求秋香。入华府后，唐伯虎改名华安。虽然身份发生变化，但他的才华不会被掩盖。他对出了华太师的对联，得到了华太师的赏识，最终如愿以偿，娶到了秋香。

明朝画家、诗人唐伯虎，喜欢华府中聪明美丽的秋香，自称是一个落魄的公子，卖身到华府，改名华安。在华府他是书童，终日伴公子华文和华武读书。

有一天，华太师带着两个儿子、教书先生和一群家仆去春游，他游兴很浓，想考一考儿子的学业情况。华太师看见园里到处是蒲叶、桃树和葡萄，便随口吟出上联：蒲叶桃叶葡萄叶，草本木本。

华文、华武兄弟俩学问不精，自然是张口结舌，对不出下联来。教书先生是奉承的高手，平日只知溜须拍马，他见自己的学生对不出来，马上恭维说："太师才高八斗，学富五车，文才盖世无双，这上联虽然是信手拈来，但这是绝对，蒲叶和桃叶的谐音组成葡萄叶，草本木本又指出了它们的科目，这实在是一个绝联，任何人都无法对出，佩服！佩服！"

唐伯虎听了独自在那里偷笑，华太师得到师爷的恭维，正在沾沾自喜，看见华安偷笑，勃然大怒道："大胆！你为何偷笑？难道你能对出此联？"唐伯虎回禀道："让我一试！"

他边走，边在那两旁的花丛中观察，灵机一动，随口说道："梅花桂花玫瑰花……"但念到此停住了，华太师说："对下去！"

唐伯虎张口结舌，快要被难住了，突然看见自己心爱的姑娘秋香和另一个名叫春香的丫头站在华太师身旁，他脱口而出：“春香秋香！”

华太师点头赞道：“梅花桂花的谐音是玫瑰花，春香秋香又指出它们开花的季节。‘蒲叶桃叶葡萄叶，草本木本！梅花桂花玫瑰花，春香秋香！’对得好，对得好呀！华安！回去可领奖赏！”

华太师看着自己的儿子感叹道：“鸡冠花未放！”唐伯虎向那师爷瞟了一眼，讽刺道：“狗尾草先生！”

从此，华太师再不敢小看华安了。从交谈中，华太师得知他很有学问，但是总以为他真的只是一个落魄的公子，哪里想到他是一代书画名家唐伯虎，更没想到堂堂大才子会到自己家做书童。从此唐伯虎顶替了教书先生的位置，华文、华武由于得到唐伯虎的悉心调教，学问大有长进，也双双中了举。华太师为了报答华安，允许他娶秋香，这段佳话也成为流传千古的趣闻。

阅读随记

吕洞宾喜牡丹

扫码获取音频

引言

关于吕洞宾的传说有很多，如“狗咬吕洞宾”“八仙过海”等。吕洞宾三戏牡丹仙子的传说也为人熟知，但即使是同一个故事，也会有不同的版本。

神垕[1]东南大刘山中，有个地方叫吕沟，相传这是吕洞宾修道的地方。

从前，吕沟绿草茵茵，松青柏翠，风景宜人。在吕洞宾居所的附近，长着一株牡丹花。每逢花开，那盘子般大的花朵，红艳艳的，迎风点头。花儿清香，十里八村都能闻到。吕洞宾喜爱牡丹，清晨傍晚常到花前观赏。如果花下有野草，他就细心地把野草拔去。如果天气干旱，他就从远处担来泉水浇灌。在他的精心照料下，牡丹一年比一年长得好，花儿一年比一年开得鲜艳。

天长日久，牡丹得道成仙，修炼成了人形，成了一个美丽的仙女。离牡丹不远，有一棵千年老竹也修炼成人形。这竹精也喜欢牡丹，但他常用污言秽语戏弄牡丹。牡丹拒绝了他的示好。那竹精见牡丹不肯同意，想起平日吕洞宾常给牡丹拔草浇水，认为牡丹是恋上了吕洞宾，心里暗暗记恨吕洞宾。

有一天早上，吕洞宾又去给牡丹浇水。竹精变成一个书生来到花前，说：“这牡丹花多漂亮啊！”吕洞宾随口答道：“是呀！贫道喜牡丹就是因为她美丽动人，清香芬芳。”竹精听见吕洞宾说出“喜牡丹”三个字，就到处传扬，说吕洞宾居然戏牡丹……

牡丹知道了这件事，心想：吕洞宾根本不知我已修道成仙，对我更是照顾有加，却遭受这样的不白之冤。于是，在吕洞宾又去浇水时，牡丹变成人形。

① 神垕（hòu）：地名，今河南省禹州市西部。以神垕山得名。

吕洞宾见状又惊又喜，忙说："仙姑得道，可喜可贺。"

牡丹施了一礼，说："谢谢道兄平日照顾，可近日却有一些闲言碎语。"吕洞宾说："贫道不出深山，不入人世，不知有何闲话？"牡丹把竹精多次戏弄自己、散布谣言的事情对吕洞宾说了一遍。吕洞宾大怒，惩罚了竹精。他知道人言可畏，认为此地不可久留，就与牡丹告辞，云游四方去了。

尽管吕洞宾走了，牡丹也辟了谣，但是吕洞宾戏牡丹的故事却已在民间流传。

阅读随记

点　睛

扫码获取音频

引言

东晋的顾恺之幼年丧母，从没见过自己的母亲，他便常常缠着父亲给他讲母亲的样貌，在脑海中勾勒母亲的模样。慢慢地，他有了将母亲画出来的想法。但是父亲并不相信他能画好。顾恺之并不气馁，他日日练画，渐渐地将母亲的画像越画越好。他也成为有名的“点睛”之手。

顾恺之擅长人物画，特别工于点睛。说起顾恺之画人像“点睛”，还有段传说呢。

据说，顾恺之一生下来，母亲就去世了，他由奶妈抚养长大。顾恺之长得虎头虎脑，很讨人喜欢，所以大家都叫他“小虎子”。

有一天，小虎子玩得正欢，忽听一个小伙伴喊着“母亲、母亲”，他突然想到，为什么从来不见自己的母亲呢？想到这里，他拔腿就往家里跑去。

顾恺之的父亲是朝廷的一个小官，但他无意功名，常常在家著文写诗。他看见小虎子突然奔跑回家来找母亲，不禁伤心起来，抱起儿子说：“小虎子，你母亲到很远很远的外婆家去了。”小虎子问：“母亲几时回家呢？”

“个把月就能回来的！”父亲为了搪塞小虎子，随口回答道。

日子一天天过去，小虎子掰着手指头数着，眼看要满三十天了，还不见母亲回家来。那天，小虎子天没亮就爬起身，蹲在门口，眼巴巴地等着，等着。快到中午

词句赏析

“虎头虎脑”多用来形容小孩儿壮健憨厚的样子，这里写出了顾恺之小时候憨厚可爱、惹人喜爱的样子。

人物剖析

通过对小虎子的动作描写和神态描写，我们可以感受到他对母亲深深的想念和渴望。

了，小虎子急得哭了。父亲过来抱起小虎子问道：“小虎子，你在门口等谁呀？”“我等母亲嘛！父亲说，母亲一个月之后就回家，一个月过去了，怎么还不见母亲回家呢？”

父亲抱起小虎子，走到堂前坐下来，说：“小虎子，我把你母亲的事告诉你，你听了别伤心！你母亲一生下你就去世了……”

从此以后，小虎子变得少言寡语了，他不玩也不笑，只是缠着父亲问：“母亲是怎样的人？母亲的身材是怎样的？脸是怎样的？”

父亲告诉小虎子说：“你母亲生得樱桃小口鹅蛋脸，丹凤眼睛眉似线。两手过膝指儿尖，身材不胖不瘦，长短个儿到我肩。”

我的批注

小虎子又问：“父亲！母亲喜欢穿啥衣裳？”父亲回答：“你母亲冷天爱穿蓝布棉，热天爱穿绸丝艳。”父亲说一句，小虎子重复一句。父亲说完了，小虎子也背熟了。

从此之后，小虎子天天在脑子里勾勒着母亲的样貌。

小虎子长到七八岁了。有一天，他又蹦又跳地到父亲跟前，说：“父亲，我想给母亲画个像。”他父亲惊奇地问：“你没见过母亲，怎么画呢？”“我照父亲说的画。”父亲连连摇头说：“你没见过你母亲，也没学过画，一定画不像的，别要孩子气了。”

小虎子一点儿也不灰心。他早晨迎着太阳画，晚上点起油灯画，坚持天天画。半年时间过去了，一天，小虎子拿着一幅画像给父亲看。父亲一看，连连摇头，说：“不像不像，一点儿也不像你母亲。”

小虎子一点儿也不灰心。他仍然早晨迎着太阳画，晚上点起油灯画，坚持天天画。半年时间又过去了，一天，小虎子又拿着一幅画像给他父亲看。父亲一看，还是连连摇头，说："不像不像全不像，一点儿也不像你母亲。"

小虎子还是早晨迎着太阳画，晚上点起油灯画，坚持天天画。半年时间又过去了，一天，小虎子再次拿着画像给父亲看。父亲一看，还是连连摇头，说："不像不像，只有脚有点儿像。"

小虎子一听父亲说脚画得有一点儿像了，更加起早贪黑地画，画呀画，画呀画，又是半年时间过去了。一天，他又拿着画像给父亲看。父亲微微地摇摇头，说："手足完全像，身材有点儿像，其余都不像。"

听父亲这么一说，小虎子的心里像灌了蜜糖似的。可他既不自满，也不松劲儿，继续起早贪黑地画。他画呀画呀，不知不觉又是半年时间过去了。一天，小虎子又拿着画像给父亲看。父亲一看，连连点头说："像了，像了，全身都像了，就是眼睛不太像，特别是眼珠儿不像。"

开花要结果，造塔要结顶！小虎子狠下决心，天天画眼睛，日日点睛，画呀画呀，点呀点呀，又是半年时间过去了。一天，小虎子拿着画像走到父亲身边，往桌上一摊。父亲看了，连连点头，赞不绝口："像了，像了，全都像了。"他双手捧起画像，细细地看着，喃喃地说："像极了，眼睛特别像呀！"

从此，顾恺之拿手的点睛功夫就出名了。可他不满足，继续勤学苦练，到二十岁时，他的艺术造诣更高了。有一年南京要建造一个大寺院，寺僧请当时的达官贵人捐款，认捐的富贵人家没有一个超过十万两银子的，谁知，顾恺之说他能募捐百万。有人说他说大话，他却不在意，只是全心全力地在寺内白壁上画了一幅女神像，就是没有点睛。他对寺僧说："明天是初一，我点睛时大

人物剖析

为了画好母亲的画像，小虎子从早画到晚，坚持练习了一个又一个的半年。通过这几句描写，我们可以感受到他想要画好母亲画像的决心和他坚韧的品格。

家可来看，但每人需捐十万两银子。”果真，第二天许多达官贵人都来看他点睛了。只见顾恺之登上高台，挥笔一点，那画像顿时发出灵光，满室生辉。围观的人惊得个个跪倒，人人都叩头许愿，顷刻之间便捐出了数百万两银子，大大超过了顾恺之预期的数目。后来，顾恺之终身坚持不懈，深入钻研，艺术成就也就越来越高超了。

传说，顾恺之老年时，画人像从不点睛，人家问他为什么，他说：“哪能点睛呢？一点睛，人像就要讲话呢！”

词句赏析

通过对顾恺之点睛动作的简单描写和达官贵人反应的描写，表现了顾恺之绘画技艺的高超。

阅读随记

扫码获取音频

百鸟归巢

引言

传说广州有个“活画大师”，叫李子长。他有一支生花妙笔，能画出各种神奇的东西。在女儿彩凤出嫁时，他给彩凤画了一幅《百鸟归巢》，并把一箱子画作为嫁妆。彩凤的夫家是势利人家，看不起彩凤的嫁妆。彩凤便将画中的鸟引了出来……

广州南海西樵山有七十二座峰、三十六个洞、二十八处瀑布和二百余眼清泉，是个风景极为秀丽的去处，向来有“南粤名山数二樵”之称。这里的奇岩怪石，形状特别，引人入胜。西樵山天镇峰下的山坡上，有一群怪石，形如鸟聚，被人们称为“百鸟归巢”。传说这一群怪石，还有个来历呢。

广州有个人叫李子长，是个很出名的画师，晚年隐居在西樵山。他有一支生花妙笔，能画出各种神奇的东西。

> **情节解析**
> 此处是故事的关键情节，“生花妙笔”四个字写出了这支笔的神奇之处，为接下来故事的发展作好铺垫。

有一次，他画了一只猫，画得活灵活现。画好以后，就放在那里让它慢慢晾干。第二天清早起来，他发现厅房屋角里有几只死老鼠。第三天又是这样。他把画收起来，放入抽屉里，便不再见死老鼠了。

原来他把猫画活了，画挂起来，晚上猫会从画上下来捉老鼠。所以人们都称李子长是“活画大师”。

李子长只有一个女儿，名叫彩凤。彩凤人很聪明，又长得俊俏，李子长十分疼爱她。彩凤有一副圆润嘹亮

人物剖析

此处介绍了彩凤从早到晚在山上劳作，而且十分爱唱歌，一个活泼、勤劳的少女形象跃然纸上。

情节解析

李子长为女儿彩凤绘制了《百鸟归巢》图，栩栩如生。此处是故事的关键情节，为下文围绕这幅画发生的精彩故事奠定了基础。

的歌喉，清早上山砍柴，傍晚割草回家，人们常可以听到从西樵山上传来的她的歌声，所以人们又叫她山凤。彩凤长大成人后，许多人都来说媒，但都被她回绝了，原来彩凤自己看上了邻村的一个后生。李子长看那后生长得清秀结实，为人勤劳忠厚、人品端正，就把女儿许配给了他。

彩凤该出嫁了。李子长说："彩凤，你快出嫁了，我们家贫，无力替你置办嫁妆，就给你画几幅画吧。"彩凤知道家里的艰难，连连点头。李子长便准备了一个箱子，精心作起画来，画好了就收藏在箱子里。

一天，他画了一幅中堂长轴，画幅上有一株古榕，树上栖息着画眉、黄莺、百灵等，共有一百只鸟，有伏有立，形态极为生动。画好以后，李子长又在上面题诗一首：

天生一只又一只，
三四五六七八只。
凤凰何少鸟何多，
啄尽人间千万石。

这首诗也很妙，一、二两句相乘再相加：三四得十二，五六得三十，七八得五十六，再加上一只又一只，正好是一百只鸟。李子长把这幅画题名为《百鸟归巢》，挂在厅堂上。

第二天清早，只听见百鸟在厅堂里叽叽喳喳地欢叫着，十分热闹，一有人进去，一群鸟便从窗口飞了出去。到了黄昏，这群鸟又欢叫着回来，飞入画中，栖息在古榕树上。李子长见了，心中暗暗欣喜。

后来，李子长就将这幅《百鸟归巢》图，与一箱子画给了彩凤做嫁妆。谁知她夫家是个势利人家，很瞧不起她的嫁妆。那些姨妈姑姐，打开箱子，一看全是些画，纷纷说："这些破纸烂画有什么用呢？又不能吃，又不能用！哈哈！往后叫家翁家婆吃破纸片去！"那家翁家婆早憋着一肚子气，听旁人七嘴八舌一说，更是火上浇油，一气之下就要把这些画烧掉。

这时，彩凤沉不住气了，她细声细语地说："叔伯婶母，容我说两句话。这些画是我父亲的心血，全是一些宝贝呀。你们不信，仔细看看，不然就拿一盅米来试试。"

那家翁也曾听到过一些传闻，但他不信有那么神奇的画。听彩凤一说，倒有点儿半信半疑起来。他转身拿来一盅米，撒在地上。

只见彩凤拿出一幅画，展开挂起，立即有一群小鸟从画中飞下来，"笃笃"一阵子，就把地上的米粒啄得干干净净。吃完，呼的一声又飞回到画中去了。众人看了，都惊奇得目瞪口呆。家翁家婆这才相信李子长真能画活画，庆幸没有把这些宝贝烧毁了。

这样，彩凤的嫁妆全是宝画的事，就传了开去。

邻村有个恶财主，听到这个消息，起了坏心眼儿，他命家仆去叫彩凤的家翁来，对他说道："听说你家里有几幅画，耕田人家有何用？不如把它们拿给我，我给你十担谷子，够你家吃饱饭了。"

家翁知道那是些宝画，怎肯答应，说："老爷，这些画是我家儿媳妇的陪嫁，哪能卖啊！"他喘了一口气，接着又坚决地说，"不卖！不卖！"说完就走了。

那恶财主是个心狠手辣的人，索画不得，便怀恨在心，伺机报复。一天深夜，他叫仆人偷偷钻进彩凤家，放了一把火。那晚正刮北风，火乘风势，房子立刻被大

人物剖析

此处通过对姨妈姑姐们的语言描写，可知她们看不起彩凤的嫁妆，突出了她们嫌贫爱富的刻薄嘴脸。

词句赏析

"笃笃"是拟声词，生动形象地写出了小鸟吃米粒时发出的声音，从侧面衬托了李子长技艺的神奇。

我的批注

火吞没了，那些画也全被烧毁了。可怜彩凤睡熟了，惊醒过来时火势已经很猛，她非但没有立即逃命，反而往大火中去抢那些画，不幸葬身在火海中。就在这个时候，突然从火海中飞出一群火鸟，领头的是一只凤凰，直向西樵山北麓飞去。

后来，在天镇峰下的山坡上，便出现了一群怪石，形态模样如同一群小鸟。当中有一块大石，像只展翅欲飞的凤凰，人们说它是彩凤变的。于是，人们就把这群怪石称为“百鸟归巢”。

阅读随记

郑板桥巧断家务事

扫码获取音频

引言

郑板桥是“扬州八怪”之一，名燮，板桥是他的号。人们常称他为郑板桥。他曾任范县、潍县县令。俗话说：“清官难断家务事。”郑板桥为官时遇到了一个状告儿子的老妇，母亲状告儿子，实为罕见，到底是为什么呢？

郑板桥在范县任县令时，为官清正廉明，口碑极好。

一天，有一个老妇击鼓喊冤，状告她的儿子不孝，请郑板桥为她做主，严惩逆子。衙役们深感奇怪，人常说“虎毒不食子”，母子不和是家务事，如今扯到公堂上来，不知郑大人如何裁决。

只见郑板桥端坐堂上，细听老妇哭诉。原来老妇的儿子叫朱其林，三岁丧父。老妇靠给人家帮工度日，好不容易把他养大成人。谁知道他娶了媳妇忘了娘，打骂不说，还经常不给饭吃，两口子还暗中商量，要买砒霜将老娘毒死，除去累赘。老妇听得清清楚楚，生怕不明不白地死去，这才来状告恶子恶媳。

郑板桥一拍惊堂木道：“速去将朱其林夫妇捉拿到堂！”众衙役不敢怠慢，不一会儿，小两口被带了进来。两个人一见堂上各类刑具，吓得跪倒在地，如实招供。郑板桥想了想，问老妇：“老人家，不肖之子应该如何处理？”老妇一想到逆子所为，就气得浑身发颤：“老爷，我生了这么个畜生，就是杀了他也不解恨啊！”

词句赏析

“虎毒不食子”的意思是老虎虽凶猛，尚且不吃虎崽，比喻人皆有爱子之心。用在此处，指母亲状告儿子，令人感到奇怪。

情节解析

通过对老妇语言的描写，我们可以感受到她对不肖子所作所为的气愤。

“那好吧，今天就让你解解恨。”郑板桥说罢，吩咐衙役抬来两块石磨。他又吩咐衙役把石磨拴上绳子，并拉到大堂梁头上。然后让人将朱其林夫妇二人押到石磨下面，两个人吓得胆战心惊。

“老人家，今天处死你的儿子、儿媳就由你来行刑吧。”郑板桥命令衙役把拉着石磨的绳子交给老妇，老妇起初不敢接，可是看到大人一脸严肃的表情，只好接了。

这时，郑板桥轻松地说：“拿酒来，今日处死一对不孝夫妇，真是大快人心，值得庆贺！”

酒菜刚上齐，老妇就高声喊道：“大老爷，我快拉不住了！”

郑板桥笑着说：“拉不住就松手呀。”

老妇急得哭着说：“老爷快让人来帮帮我，要是再拉不住，石磨砸下来，我的儿子、儿媳就没命了！”

郑板桥不紧不慢地说：“你就放一根绳子吧，这样会轻松许多。”

老妇说：“一根也不能放啊，砸死了儿子，没人给我送终；砸死了儿媳，哪里再去找像她一样对我儿子那么好的儿媳啊！”

郑板桥说：“那我也没办法了，执行法令是本官的职责。”

老妇见老爷见死不救，就对儿子大声吼道：“傻儿子，快拉着你媳妇躲开呀！”

朱其林见大人没有发话，不敢挪动半步。老妇见再不采取措施，绳子就会从手中滑落，后果不堪设想。于是心一横，将两根绳子缠到自己的脖颈上。

“娘啊，您不能死啊！”儿子和儿媳见状，慌忙跑过去拉住绳子，救下老妇。三人抱成一团，哭得死去活来。

郑板桥这时才开怀大笑：“本案已经了结！朱其林欲

人物剖析

通过对老妇的语言描写，我们可以感受到在生死关头，老妇对儿子、儿媳的担心，体会到她对儿子、儿媳真切的爱。

词句赏析

“心一横”指的是下决心不顾一切。这里表示老妇宁愿自己死，也要救儿子、儿媳。

杀母又救母，浪子回头金不换。老妇人恨儿又爱儿，娘儿仨和好如初。来，共饮一杯团圆酒吧！”母子三人一齐跪下，给郑大人磕头：“多谢大人，救了我们一家人！”

等他们走后，衙役们一齐称赞郑大人足智多谋，连家务事也断得令人心服口服，算是开了眼界。

郑板桥却说：“常言道‘清官难断家务事’，可要是断不好家务事，又怎么能算得上是清官呢？”

人物剖析

通过对郑板桥的语言描写，可知他并没有因为家务事琐碎繁杂而推托。郑板桥采取更加灵活的方式审理家务事，展示了自己的智慧和胆识，称得上真正的清官。

阅读随记

情节过山车

姓　　名：________

年　　级：________

阅读日期：________

一篇好的故事往往有扣人心弦的情节，像过山车一样有起有落。请你阅读《郑板桥巧断家务事》后，试着梳理重要的情节。

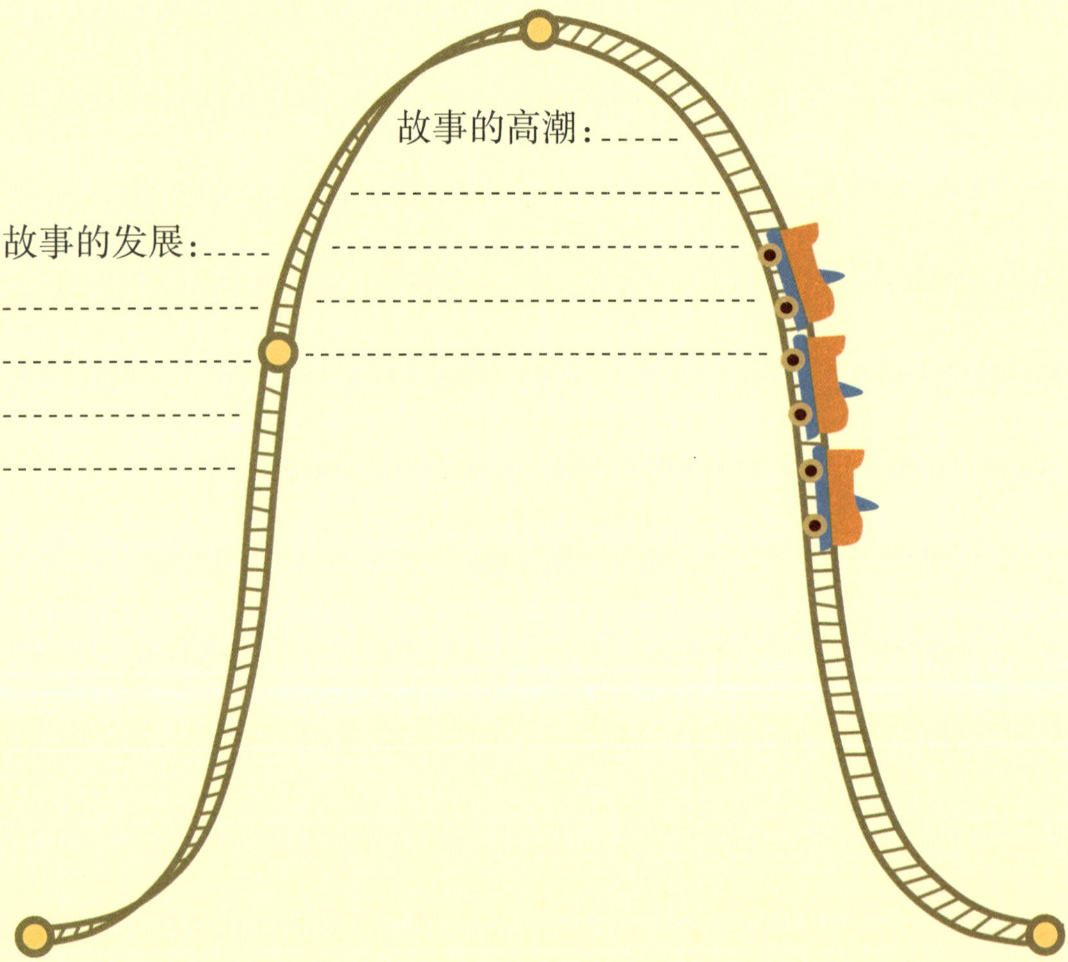

故事的高潮：________________

故事的发展：________________

故事的起因：________________

故事的结局：________________

扫码获取音频

兔 儿 爷

引言

中秋节，除了吃月饼、赏月、拜月，老北京人还会给孩子买一个“兔儿爷”。兔儿爷大的有三尺多高，小的只有三寸，粉粉白白的小脸，头上戴着头盔，身上穿着铠甲，背后插着令旗，活灵活现，神气十足。

传说有一年，北京发生了瘟疫。瘟疫很严重，几乎每家都不能幸免，很多人因此而死去，每一天都能听到人们的哭泣声。

月亮上的嫦娥仙子看到这样凄惨的景象，心中十分不忍，善良的她想要救这些百姓，于是便对身边正在捣药的玉兔说：“人间的百姓饱受瘟疫折磨，你带点儿药去人间给他们治病吧！”

玉兔听了嫦娥仙子的话，带上一些药来到了人间，挨家挨户给人看病。

人们见了嫦娥仙子派来的玉兔，都欣喜万分，心想这下总算是有救了，对着月亮拜了又拜。

生病的人吃了玉兔带来的药，果然药到病除，很快就恢复了健康；没病的人吃了玉兔带来的药，也能强身健体。

人们商量着要感谢玉兔，各自拿出了家里最值钱的东西，想不到都被玉兔拒绝了。玉兔说：“我只喜爱人间的衣服和坐骑，只要你们给我准备一身衣服，一个坐骑，我就很高兴了。”

于是人们便为玉兔准备了很多的衣服和坐骑，玉兔每到一处就换一身衣服，一会儿穿着男人的衣服，一会儿又穿着女人的衣服，一会儿骑着马，一会儿骑着鹿，走遍了京城的每一个角落。

人们感念玉兔的恩德，便以泥塑的形式捏出了玉兔的形象，因为清楚玉兔的喜好，人们还为玉兔穿上了各种各样的衣服，为玉兔制作了各种各样的坐骑。

此后，每到中秋月圆之夜，老北京人都要供奉玉兔，人们亲切地称玉兔为“兔儿爷”，感谢玉兔给人间带来了健康和吉祥。

阅读随记

青出于蓝而胜于蓝

扫码获取音频

引言

黄慎跟着上官周学画画，将上官周的技巧全都学到了，但是别人看黄慎的画，却觉得那画没有他自己的风骨。黄慎意识到了自己的问题，他开始废寝忘食地琢磨，最终形成了自己的风格。

黄慎是“扬州八怪”之一。他从小喜欢画画，并拜了同郡的一位名画家上官周做老师，恭恭敬敬地跟着学，没过多久，他就把老师的技巧学到手了。

有一回，外地有几个画师慕名来黄慎家看画。家人捧出几轴人物画让客人观摩。客人展开一看，齐声说道：“这不是上官周先生的作品吗？我们要看黄慎的画。”家人连忙说：“这就是我家先生黄慎的画，不是上官周先生的作品。”见客人不相信，黄慎家人又到里面翻出几轴画，说：“这才是上官周先生的画呢。”客人们把两个人的作品放在一起，比较来比较去，只觉风骨相似，实在分辨不出哪个是上官周画的，哪个是黄慎画的，不禁啧啧惊叹。看完画，有个画师说：“黄慎聪明灵巧，真是把老师的看家本领学到手了！可这又算得了什么呢？别人的东西总归是别人的，模仿得再逼真也不算是自家的东西。你把黄慎的画拿出去，人家看了，都会说这是上官周的作品，谁会说是黄慎画的呢？”

这话被黄慎听到了，他心想：对呀，我的画，除了老师的技巧与风格外，哪一点算是自己的东西呢？怀素

人物剖析

黄慎从小热爱画画，很快就把老师的技巧学到手了。由此我们可以感受到他在绘画方面很有天赋，学习态度很认真，绘画技艺也很高超。

的字，上官周的画，都有他们自己的风骨，可我的画风骨又在哪里呢？若不能闯出自己的路来，岂不是永远只能跟在别人后面，跟着嚼别人嚼过的馍？

可是，要怎样才能创出自己的独特风格呢？黄慎日夜思索这个难题。他废寝忘食，一会儿呆呆地想，一会儿推敲老师的画，一会儿又持笔在纸上乱涂乱抹。

词句赏析

此处巧妙地运用排比的修辞手法，写出了黄慎解决难题时废寝忘食的样子。从中我们感受到了他对自己独特风格的执着追求和不断努力。

有一天，黄慎在街上边走边想，忽然灵感来了，他急忙跑到附近一家店铺里，向店老板借来笔墨纸砚，在柜台上作起画来。过路的人不约而同地围拢来，看着他画画。黄慎毫不理睬他们，只顾握笔作画。只见他在白纸上三涂两抹，眨眼工夫，就把画画好了。他把笔放下，拍着柜台喊道："我成功啦！"

围观的人听了他的话，感到莫名其妙，他们一个个伸长脖子，瞪大眼睛看着那画纸，上面点点画画，弯弯曲曲，寥

寥几笔，像草书又不是草书，像画又不是画，谁也看不懂上面画的是什么东西。黄慎高兴地把画贴在柜台里边的墙壁上。说来奇怪，刚才看上去还是莫名其妙的画，这下隔着柜台往里一看，画面上竟清晰地出现了一个纤夫，只见他向前倾斜着身子，拉着纤绳，头上大汗淋漓，身上瘦骨嶙峋，脚下步履艰难。大家看着看着，越看越感到惊讶，都说："怪人画怪画，近看莫名其妙，远看明明白白，这真是又怪又好！"

上官周见黄慎学业猛进，画风自成一体，十分高兴，逢人便夸奖说："古人云：'青出于蓝而胜于蓝。'果然不假，黄慎已超过我了。"

后来，黄慎成了著名的"扬州八怪"之一的画家，他的这种画法被人誉为"狂草笔法"。

词句赏析

"青出于蓝而胜于蓝"这个成语蕴含的道理是人经过学习或教育后可以得到提高。这句话常用来形容学生超过老师或后人胜过前人。

阅读随记

扫码获取音频

神奇的磨石

引言

有个勤劳的砍柴人叫阿福，他从一个老爷爷那儿得到了一块神奇的磨石。这磨石让他的刀变得锋利无比，他也不再为生计发愁。阿福到了该娶亲的时候，他从磨石中求得了一个美丽的妻子。一个财主偶然得到了阿福妻子的画像，想抢走阿福的妻子。阿福与财主打赌，阿福赢了，与妻子重新过上了安宁的生活。

阿福七岁时，父亲就去世了。父亲留给他的，只有一把用了多年的砍柴刀。父亲死后，家里只能靠母亲去帮人洗衣服度日。好不容易熬过六年，阿福也长到十三岁了。他对妈妈说道："我的好阿妈，您整天劳苦，现在我长大了，该让我为您分担一些事了。"

母亲说："孩子，你能帮阿妈做什么呢？"阿福说："我到山上去砍柴，把柴挑到街上去卖，把卖得的钱给您，阿妈就不必再劳累了。"

从此，阿福每天拿着父亲留下的砍柴刀上山去砍柴，从不间断。这样，母子二人就以砍柴为生了。

有一天，阿福上山砍柴，因为刀刃卷了，怎么都砍不断树枝。眼看天就快黑了，砍不到柴去卖，妈妈吃什么呢？阿福便伤心地哭了起来，哭着哭着就睡着了。等他醒过来一看，一个白胡须老人正站在身边。

阿福很有礼貌地问道："老爷爷，月亮都升得这么高了，您老人家为什么还在山上呀？"

人物剖析

通过对阿福的语言描写，我们可以感受到阿福虽然年纪小，但是非常懂事，懂得关心阿妈，是个孝顺的孩子。

人物剖析

通过对阿福的语言描写，可知他是一个懂礼貌的人；阿福关心遇到的陌生老人，也说明他为人善良。

老爷爷反问道："小伙子呀，今天是八月十五，你为什么不与家人团圆，还孤零零一人在山上睡觉呢？"

阿福含着眼泪对老爷爷诉说了自己的不幸，最后他叹了口气，说："唉！要是我有一把好斧头该多好，我有的是力气，还愁养活不了阿妈？"

老爷爷听后，认为阿福是一个心地善良、手勤脚快的好小伙儿，便对他说："小伙子，你等一等，我送你一样东西。"只一眨眼工夫，老爷爷手中出现一块方方正正的石头。

阿福心想：这石头有什么用呢？老爷爷好像看透了他的心思，说："你别小看这石头，再旧的刀只要经它一磨，就会变得锋利无比。"

阿福双手接过磨石，脱下衣服，小心翼翼地把它包好，辞别了老人，飞快地跑回家里。

阿福把山上遇到老爷爷的事一五一十地告诉了母亲。母亲接过磨石，心里很高兴，叫阿福试一试。阿福唰唰地磨起刀来，只磨了两三下，刀刃就变得锋利无比。母子二人很高兴，便用布把磨石包好，锁在柜子里了。

第二天，阿福高高兴兴地上山砍柴去了，因为刀快，一连砍了好几担柴，都不觉得累。打的柴多，卖的钱也多了，母亲愁苦的脸上也增添了笑容。

一天，阿福磨刀，一滴水溅到他的嘴里，只觉得嘴里甜丝丝的。他急忙喊母亲也来尝尝，没想到，磨石竟然是甜的呢！更神奇的是，只要舔一下，口就不渴了，肚子也不饿了。从此，母子二人的日子越过越好了。

阿福虽然有了这块神奇的磨石，但是每天仍旧上山打柴，从不间断。

一年年过去了，阿福也长大成人了，到了该娶媳妇的时候。阿福心想：有个媳妇也好照顾年迈的母亲。可

情节解析

老爷爷送给阿福的石头具有神奇的魔力，能够把刀磨得锋利无比。这个关键情节为后面故事的发展埋下了伏笔。

人物剖析

尽管神奇的磨石使阿福和阿妈的日子越来越好，但是阿福并不懈怠，仍旧每天出门打柴劳作。通过这段描写，我们可以感受到阿福勤劳的品格。

母亲说："孩子，我们家穷，你积攒的钱也不多，谁愿意嫁给你做媳妇呢？"阿福忽然想起了老爷爷的话，便对母亲说："阿妈，老爷爷不是说过，在最困难的时候，磨石能帮我们的忙吗？今天我们就试试看吧。"

阿福取出磨石，把它擦得干干净净，放在桌子上。母亲对着磨石说道："磨石、磨石，我们靠着你，不愁吃来不愁穿，现在儿子长大了，想娶个媳妇，家里穷，没钱娶，现在请你帮帮忙吧！"话音刚落，只见磨石突然放出一道道金光，过了一会儿，便跳了起来，跳了一阵儿，裂开一条缝，缝中钻出一个眉清目秀的姑娘来。母子二人惊呆了。姑娘含羞开口说："阿妈，我就是您家的媳妇。"阿福听了，高兴得不知怎么说才好。就这样，阿福便和磨石姑娘成了亲。

词句赏析

此处通过"放出一道道金光""跳了起来""钻出一个眉清目秀的姑娘"等一系列场景描写，突出了磨石的神奇。

阿福与磨石姑娘成亲以后，小两口相亲相爱，从不分离。他们一起下地耕种，一起上山砍柴，阿福不让妻子离开自己半步。时间久了，妻子对阿福说："阿妈老了，我得在家里烧火做饭，织布洗衣，不能天天陪你出去了。如果你实在舍不得离开我的话，你就去找两张笋叶来，我把我的像画在笋叶上，不管你到哪儿，带着画像去，你想我时，就看看我的画像。"从此，阿福上山砍柴、下田种地时都把笋叶像带上。

有一天，阿福去犁地，他把画像放在地头，忽然间，刮起了一阵大风，画像被吹飞了。他心里很难过，就一口气跑回家，告诉了妻子。妻子只说："不好了，要出事啦。"

词句赏析

此处运用夸张的修辞手法，表现了阿福丢失画像后的着急心理，说明他对画像十分珍视。

原来画像被风吹到一家有钱有势的财主家的天井里，被管家捡到交给财主老爷了。财主老爷看后，赞不绝口："哎哟！人间竟会有这么漂亮的女人，如果能将她讨来做我的小老婆，那该多好！"

于是，财主就派人四处寻找。这天阿福的妻子正巧在小河边洗衣服，被管家看见了。管家拿出笋叶像一比对，人与画像一模一样，便到村里去打听，才晓得那是阿福的妻子。管家将这事告诉财主，财主命管家把阿福抓来。阿福的妻子知道祸事来临，对阿福说："你不要怕，只管去吧！不管他提出什么条件，你只管答应就是了。"

阿福跟着管家到了财主家，财主假装仁慈的样子问道："小伙子你叫什么名字？"

"我叫阿福。"

"哦，你家有什么人？"

阿福答："有阿妈，还有妻子。"这时，财主拿出笋叶画像问阿福："这是谁呀？"阿福一见，赶忙伸手去抢，被管家拦住了。

财主说："听着，你赶快把你妻子送来，如果不送，就得答应我一个条件。"

阿福说："只要不送我的妻子，随便你提什么条件都可以。"

财主老爷说："限你三日内，拉三只老虎来给我，如果三天内不送到，你妻子就归我。"

阿福回到家里告诉了妻子。妻子说："你不必担心，明天你上街去买三只猫来。"阿福一听，着急起来："财主要的是三只老虎，不是三只猫。"妻子说："不怕，你把猫买来，用笼子装好，照着我的话去做就行了。"阿福按照妻子的吩咐，把猫装在笼子里。妻子又说："你明天就挑着三只猫去给财主，你悄悄地说'猫儿变虎快长大'，连说三声，它们就会变成老虎了。"

第二天，阿福按照妻子的吩咐，挑着三只猫去财主家。财主看见阿福挑的是猫不是老虎，就斥骂道："大胆的阿福，我叫你交三只老虎，你为什么拿三只猫来？"

人物剖析

财主老爷提出了三天内拉三只老虎来给他的要求，这个条件非常苛刻，难以实现。此处通过语言描写，刻画了财主老爷恶毒、贪婪的丑恶嘴脸。

阿福分辩说："老爷，不是猫，是老虎呀！因为老虎太大，不好拿，我把它变小了，这样好挑些。"财主听了，气愤地说："你今天如果不能把猫变成老虎，我不仅要你的妻子，还要你的命！"随后又以轻蔑的口气说，"如果你真的有本事把猫变成虎，我不但不要你的妻子，而且还情愿把我的这座庄园输给你。"阿福说："老爷的话，谁能做证呢？"财主说："就叫乡亲们来做证吧！"

这一下，一传十，十传百，财主的庄园一下子挤满了看热闹的乡亲。财主对众乡亲说道："乡亲们，阿福说他有本事把猫变成虎，变不成，他就把老婆和头输给我；如果变成了，我愿意把庄园输给他。今天请乡亲们做个证，以免变卦。"乡亲们听了，都暗暗为阿福叫苦，个个都为阿福捏一把汗。阿福却不慌不忙地走到猫笼边，对着猫悄悄地说道："猫儿变虎快长大，猫儿变虎快长大，猫儿变虎快长大。"刚叫了三声，三只猫一下子变成了三只老虎，众乡亲都吓呆了。

财主眼看自己输了，却翻脸不认账，还命管家和家丁把阿福捆起来。三只老虎见主人被财主捆了，大吼一声，抓破笼子，扑向财主和管家，把他们统统咬死了。

财主死了，财主的财产归了阿福。可是阿福什么都不要，他把财产统统分给了穷乡亲，自己却回到家里，和母亲、妻子过着简朴而幸福的生活。

主题辨析

阿福正直、勇敢，在妻子的帮助下战胜财主，最后终于和家人过上了幸福的生活。这个故事启示我们，要做一个像阿福一样勤劳、勇敢的人。

蝴　蝶　泉

扫码获取音频

引言

每年农历四月十五，云南大理的蝴蝶泉边都会举办“蝴蝶会”，它也被称为白族的情人节。每到这个时节，成千上万的蝴蝶从四面八方飞来，在泉边翩翩起舞。关于“蝴蝶会”的来历，还流传着一个动人的民间故事。

云南大理的苍山风景如画，古籍记载它“山顶高数千丈，石棱青苍”，它由十九座山峰组成，其中有一座叫云弄峰。云弄峰下有一潭水泉，方圆有五十多平方米，泉水碧蓝如翠，每到春天，成千上万的蝴蝶聚于泉边翩翩起舞，人们叫它“蝴蝶泉”。

最早，它并不叫蝴蝶泉，因为泉水经年不绝，雨季不见它涨，旱季不见它枯，宛如娴静的姑娘躺在云弄峰的绿丛中，没有人知道它有多深，所以附近的百姓称呼它为“无底潭”。

云弄峰下住着一户姓张的父女，张老爹善良勤劳，无奈张大娘去世得早，他一个人拉扯着女儿雯姑长大，守着三五亩薄田、六七只鸡鸭，日子过得平静而又安稳。

雯姑十八九岁，心灵手巧，白天操持家务，晚上纺纱织布。她的眼睛像星星一样明媚晶莹；她那乌黑的头发，像垂柳一样又细又长；她的双颊像刚成熟的桃子，水灵灵的透着粉红。她非常善良，心就像泉水一样纯洁。

> **词句赏析**
> 此处运用比喻的修辞手法，对雯姑的外貌进行了刻画，将她的眼睛比喻成星星，将头发比喻成垂柳，将双颊比喻成桃子，将心灵比喻成泉水，生动形象地写出了雯姑外貌的美丽和内心的纯洁。

这样美丽的姑娘当然会让小伙子们倾心爱慕，但雯姑早就有了意中人。他叫霞郎，住在山上，父母早亡，但他勤劳本分，每天一清早就挑着两捆柴下山，路过雯姑家时，悄悄地将一捆放在雯姑家门前，另一捆挑到城里卖钱。雯姑也知道柴火是霞郎送来的，很多次，她见到霞郎挑着柴下山，心怦怦跳着，躲到门里面，待到他放下柴火走了，又红着脸探出头来，抿着嘴角看着他的背影。

有时候，太阳落山时，雯姑会在门口放上两个馒头、一碗青菜，霞郎回来路过时，知道这是雯姑为他准备的，也不多说什么，便取了放在担子里，唱着山歌，高高兴兴地往山中走。他的歌声像百灵鸟一样婉转，像夜莺一般悠扬。听着他的歌声，雯姑偶尔也会壮着胆子，用山歌回应。每到这时，山中的百鸟都忘记了啼鸣，百花都停止了呼吸，就连正在下山的太阳也站住了脚步，笑眯眯地看着这一对情窦初开的年轻人。

词句赏析

运用拟人的修辞手法，通过百鸟、百花和太阳的举动，刻画出霞郎和雯姑歌声的美妙。同时，它们的举动也暗藏着对霞郎和雯姑美好爱情的赞美。

在城里，住着一位凶恶残暴的俞王。他家世代统治着大理，向来视百姓为草芥，人民对他仇恨入骨。俞王听说了雯姑的美貌，这一天，他带着爪牙来到无底潭，打伤了张老爹，将雯姑抢到了俞王府，对她说："我这里有全大理人一年都花不完的金银财宝，有全大理人一辈子没吃过的山珍海味，有足够全大理人每人做一身新衣服的绫罗绸缎，全大理人没有一个敢不听从我的命令，只要你答应做我的第八房小妾，我保你一辈子享受荣华富贵。"

雯姑厉声正色地说："我已有心上人，你有多少金银财宝，都打动不了我的心。"

"哼！"俞王吹吹胡子，说，"我知道，不就是那个砍柴的嘛，就算他砍光了云弄峰上的柴，又能卖几个钱？他怎么能比得上我？"

雯姑鄙夷地说："你有再多的金银财宝，再多的绫罗绸缎，也不是你的双手挣来的。砍柴虽然辛苦，但这钱是勤劳换来的。这一点你就比不过我爱的霞郎。"

"哼！"俞王换了一副嘴脸，凶狠地说，"给你三天时间考虑，否则，我可就不客气了。"

就在雯姑被抓走的这天傍晚，霞郎回山时经过雯姑家，见到了倒在路旁的张老爹。张老爹已经奄奄一息，他用尽最后一丝气力将遭遇告诉了霞郎。霞郎埋葬了张老爹后，将砍柴的斧子别在腰间，满怀着仇恨奔向俞王府。

黑夜里，霞郎翻过了俞王府的高墙，劈断了绑在雯姑身上的绳索，砍翻了几个守门的兵丁，带着雯姑一路向云弄峰奔去。俞王带着他的爪牙们紧紧地在后面追赶。终于，在无底潭边，霞郎和雯姑被他们追上了。

"还没有人能逃出我的手掌心！"俞王狞笑着，对雯姑说，"如果你乖乖地答应做我的小妾，我倒可以考虑考虑，放你那心上人一条活命。"

雯姑斩钉截铁地说："我宁死也要和霞郎在一起。"

说完，两人紧紧地拥抱着，两双眼睛对视着，两颗心贴在一起，纵身跳下了无底的深潭。

这件事很快传遍了大理，人们的怒火再也压不住了，他们举着棍棒、拿起刀斧，冲进了俞王府。

这一天正是农历四月十五日，人们带着俞王的尸首前来祭奠雯姑和霞郎。往日平静的无底潭水荡漾起来，水波越荡越剧烈，最后，从潭心翻滚出一个巨大的水泡，水泡越长越大，像一个晶莹的水晶球浮在水面。正在人们纷纷称奇时，水泡像莲花一般分开了九瓣，从花心处飞出一对五彩蝴蝶，它们盘桓在潭水上空，时而聚在一起，时而互相追逐。不一会儿，从四面八方飞来了

人物剖析

俞王的钱财是剥削百姓的不义之财，而霞郎的钱是通过劳动获取的，从雯姑的话中我们可以看出她是一位明理、正直的姑娘。

主题辨析

此处霞郎和雯姑"化蝶"的场景十分美丽，这反映了人们对坚贞、纯洁的爱情的赞美之情。

各式各样的蝴蝶，围着它们翩翩起舞。从此以后，人们给无底潭起了一个新名字——蝴蝶泉。

从此，每年农历四月十五这一天，都有成千上万的蝴蝶聚于泉边，漫天飞舞。如果你在这一天来游览蝴蝶泉，用心倾听，还能听到雯姑和霞郎唱的山歌呢。

阅读随记

傣家竹楼的故事

扫码获取音频

引言

在今天的云南，有许多与诸葛亮相关的文化元素和传说，比如“孔明灯”、诸葛亮的“藏宝洞”等。傣族传说中，还有诸葛亮带来谷种、教授人们修建傣家竹楼等故事。有人认为，这是因为诸葛亮的军队南征时，到过这个地方，其施行的政策深得人心，因此当地人传扬他的功绩，创编了民间故事。

在我国云南澜沧江流域，自古就生活着一群勤劳善良的人们，他们就是今天傣族的先人。那时候，他们建造了坝子，全族人生活在一起，白天男人们出去打猎捕鱼，晚上女人们唱歌跳舞，日子过得又自在又快乐。

但是，在东汉末年，祥和的生活被打破了。那时天下大乱，各地的豪强都不听朝廷的政令，官员为非作歹。在傣家人聚居的这块地方，地方官更是残暴贪婪，他规定：傣族人捕了鱼，要把鱼身子交给官府，自己只能留下鱼头和鱼尾；傣族人捕了猎物，要把肉交给官府，自己只能吃骨头和肠肚；至于兽皮，也要分三等，最好的一等交给大官，中间的一等被小官分了去，最差的才留给猎人。这样横征暴敛他们还不满意，又要求傣家的姑娘必须先到官府服役三年才可以出嫁。

傣家人敢怒不敢言，从此，这里听不到傣家姑娘的歌声，看不到傣家猎手的笑脸。渐渐地，他们离开了美丽的家园，躲到了山中，过着“野果充饥天当房，抱着

我的批注

火种串大山”的凄惨生活。

经过多年战乱，天下三分，蜀国丞相诸葛亮鞠躬尽瘁，将蜀国治理得河清海晏、时和岁丰。但这一年，云南发生了骚乱，诸葛亮带兵来到云南。这里群山林立，湍急的河水从群山中奔流不息，再加上天气多变，山林中经常起雾，如果走错了路，几天几夜也绕不出去。

诸葛亮的军队迷了路，困在山里，粮食快吃光了，一些兵士挖了野蘑菇吃，都中毒倒下了。正在一筹莫展之际，他们遇到了傣家最勇敢的猎手岩肯，便请他带路出山。

岩肯见到官兵，想起父辈的遭遇，心中升起一团怒火，同时，他又怕这些兵士是来捉傣家人的。因此，他推说自己从来没出过山，不知山路，说什么也不给蜀国兵士带路。

诸葛亮也不急，热情地请岩肯住进兵营，好酒好肉地款待他。岩肯看见兵士们只喝稀粥，还以为诸葛亮虐待兵士，但转头一看，诸葛亮和兵士们吃的一样，他看着自己碗里的肉，不禁心软了。他不由得暗暗观察起诸葛亮，只见他手里总是摇着鹅毛扇，头上戴着像用几块木板拼起来的见棱见角的帽子，走起路来不慌不忙，说起话来总是笑眯眯的。这样观察了几天，他认定诸葛亮是个好官，便带领兵士们走出了大山。

诸葛亮要奖赏岩肯，但岩肯拒绝了，他说：“丞相，我们傣族人不爱金，不爱银，只想在美丽的澜沧江边靠自己的双手平静地生活。但是，那里的官老爷却逼得我们……”说到这里，岩肯心酸地哭了。

诸葛亮闭着眼睛，略一思索，对岩肯说：“你回到山里，把大家都叫回坝子里去吧，我自有安排。”

诸葛亮带人去了傣家坝子，发现在蜀国的治理下，

词句赏析

“河清海晏”的意思是黄河水清了，大海没有浪了。“时和岁丰”的意思是四时和顺，五谷丰收。这两个词常用来称颂太平盛世。

人物剖析

这里运用对比的写作手法，刻画了诸葛亮与兵士同甘共苦、善待百姓的形象，凸显了诸葛亮爱民如子的形象特征。

原先那些贪官已经被免职了，不过，现任官员虽廉洁奉公，但以前的一些陋规仍旧存在。他说："在族人生活的地区，我们要用'因俗而治'的原则，尽量不要破坏他们的生活习惯。"很快，岩肯带着傣家人回来了，他们发现诸葛亮不但废除了不合适的法令，还特意制定了保护傣家人的新规定。于是，他们又在坝子中过起了捕鱼打猎、唱歌跳舞的幸福生活。

诸葛亮率军在坝子附近驻扎了半个月，休整队伍，补充粮草。岩肯为蜀军准备了大量的兽肉，但军需官都婉言谢绝了。岩肯去见诸葛亮，气呼呼地说："这是我们傣家人的心意，丞相不收可不行！"诸葛亮笑呵呵地说："你有所不知，我们汉族人习惯吃米面，肉食多了反而不好消耗。再说，肉食放久了容易坏，而粮食只要保存得当，足可以放一二年。"

岩肯心里一动：对啊，肉食容易腐烂，只能现捕现吃，赶上天气不好捕不到猎物，傣家人就要饿肚子。于是，他恳请诸葛亮教他们种粮食的方法。

第二天，诸葛亮从部队中挑出五十名庄稼把势好的军士，带着谷种和农具，教傣族人开荒播种。后来，诸葛亮还派人教他们打谷舂米。从此，傣族人就以米为主食，他们的竹筒饭在今天是很多人喜欢的特色美食。

过了一年，诸葛亮打了胜仗要离开了，傣家的男女老少都把家中最好的肉干、最珍贵的兽皮拿出来送给诸葛亮，并且含着热泪，依依不舍地送了一程又一程。分别前，岩肯拉着诸葛亮的衣襟，说："丞相，您能把您的帽子送给我吗？"

"为什么要我的帽子呢？"

岩肯笑笑，说："我看您用鹅毛扇敲敲帽子，就能定出妙计，帽子里一定藏着不少智慧。"

人物剖析

"因俗而治"是指根据当地的风俗习惯制定政策，不破坏当地人民的生活秩序。这说明诸葛亮是一位尊重人民、爱护人民的人。

人物剖析

诸葛亮早就准备好绸子条，为后面故事的发展埋下了伏笔。诸葛亮预料到傣族人民将会面对的困难，这说明他时刻为人民着想，而且足智多谋、料事如神。

诸葛亮哈哈大笑，摘下帽子，又从怀里掏出早就准备好的几张小绸子条，塞在帽中，说："既然你觉得帽子中有妙计，那我就送给你。日后遇到困难时，就从帽中拿出绸子条看看。"

又过了很多年，岩肯已经从当年傣家最年轻力壮的猎手长成最受人尊敬的族中老者，这些年傣族人过得和平安乐，自然，人口也越来越多。那时他们还住草棚，夏天的晚上，澜沧江的水汽升腾，草棚里又潮湿又憋闷，白天，太阳一晒，草棚里又干燥得像烤火一样。大家都找族中长者岩肯商量，想夏天搬到山林里，冬天再搬回来。

"不，不行。"岩肯说，"当年诸葛丞相帮我们回到澜沧江边的家园，我们怎么能再搬回去？那岂不是辜负了他老人家。"

一想到诸葛亮，岩肯眼前一亮，急忙将那顶帽子找来，从里面抽出一张绸子条，只见上面写着："草棚矮，住高房；斜屋顶，竹子墙。"

原来，诸葛丞相早已看出傣家草棚不适合居住，特意留下了这几个字。但是，高房？高房又是什么样呢？

岩肯将帽子放在桌子上，叫来族人中最聪明的几个人，可大家谁也说不出个所以然来，最后，都垂头丧气了。岩肯坐在地上，双手拄着头，直愣愣地看着帽子发呆。突然，他灵机一动，大声叫起来："你们看，这帽子像不像一座房子？"

大家学着岩肯的样子，俯下身来，微微仰视着桌上的帽子，见它帽身垂直，见棱见角，而帽顶则是中间高，前后两面倾斜着搭到帽身——这不就是座房子的样子吗？

傣族人按照诸葛亮帽子的形状，采来竹子，建起了竹屋。这种屋子又结实，又通风，晚上不潮，白天不晒。后来，经过傣族能工巧匠的改造，逐渐形成了现在的样子。当月亮升起的时候，你站在远处去看傣家竹楼，朦胧中，那见棱见角的楼顶，和诸葛亮的帽子像极了。今天去云南，一定要看看傣族竹楼，那可是很有特色的地方民居呢。

词句赏析

“朦胧”的意思是模糊，看不清楚。在月光下，站在远处观望傣家竹楼，朦胧月色中的楼顶越发像诸葛亮帽子的形状。这句话写出了傣家竹楼朦胧的意境美，表达了人们对诸葛亮的尊敬与爱戴。

阅读随记

扫码获取音频

阿凡提的故事

引言

骑着小毛驴云游四海的阿凡提是个家喻户晓的人物，只要提起他的名字，愁眉苦脸的人就会展开笑颜。他嘲笑投机的商人、惩罚贪婪的财主，为遇到难题的村民们出谋划策，有时候连国王都怕他。

国王与线绳

一位愚蠢的国王经常在外国使者和哲人面前胡言乱语，令大臣们时常感到难堪。国王为了摆脱这种窘况，把阿凡提请到王宫，让他给自己当顾问。

“让我当顾问可以，但有一个条件。”阿凡提答复国王说，“我要从您坐的垫褥底下秘密地穿一根线绳，一头系在您脚上，一头攥在我手里。使者来访时，如果您说的话没错，我就不动；假如您说错了话，我就拉一下线绳，请您立刻住口。”

国王同意了阿凡提的条件。这天，从邻国又来了三位使者，国王迫不及待地向他们提问：“贵国的猫狗之类都很肥壮吧？”

阿凡提一听，赶紧把线绳拉了一下，国王立即不言语了。阿凡提随后对使者们解释说：“我们国王的问话寓意深刻，他说的猫狗肥壮是指贵国人民安居乐业、牛羊肥壮。”

使者们一听，都十分信服国王的智慧，不料国王却

情节解析

此处是故事的关键情节，阿凡提答应做国王的顾问，但是提出一个条件，这为后面故事的发展作了铺垫。

人物剖析

国王没有意识到阿凡提的话是在为自己做掩饰，反而以为自己的话真的寓意深刻。通过对国王的语言描写，我们可以感受到他是一个愚蠢自大的人。

对阿凡提喊道："阿凡提，你真是一个愚蠢的顾问，既然我说出了这么寓意深刻的话，你为什么还要拉线绳呢？"

世界上没有的日子

阿凡提当染布匠的时候，有个自作聪明的人拿着一块白色土布找到阿凡提说："阿凡提，请你把这块布给我染成世界上没有的一种颜色。"

"什么是世界上没有的颜色呢？"阿凡提问。

"不是红色、不是黑色、不是蓝色、不是黄色，也不是绿色，更不是紫色，反正是一种世界上没有的颜色。"那个人说道。

"好吧，那我就按照您的意思染吧！"阿凡提说。

"那我什么时候来取呢？"那个人问。

"请你在世界上没有的日子来取吧，那一天不是星期日，不是星期一，不是星期二，不是星期三，不是星期四，也不是星期五，甚至连星期六都不是。"阿凡提回答说。

人物剖析

阿凡提以其人之道还治其人之身，他的做法充分显示了他的聪明机智。

好词好句

好词摘录

愚蠢　胡言乱语　难堪　窘况

（摘录理由：写出了国王的愚蠢。）

好句摘录

阿凡提，你真是一个愚蠢的顾问，既然我说出了这么寓意深刻的话，你为什么还要拉线绳呢？

（摘录理由：写出了国王的愚蠢。）

扫码获取音频

小白马的故事

引言

从前，有一匹矫健的白马生下了一匹小白马。有一年，他们的家乡遭了旱灾，白马带着马群走到了一片肥美的草原避难。但是因为别的马不小心踏碎了七个雁蛋，又没有及时逃走，最终其他的马都死在大雁的围攻下，白马也受了重伤，只有小白马安然无恙。白马拖着受伤的身躯，带着小白马往家乡的方向走，在临死前，白马将自己的经验教给小白马。小白马通过实践，证明了白马的经验，后来，小白马也终于成为一匹骏马。

从前，有一匹白马。这匹白马生下了一匹白马驹。

有一年，他们的家乡遭遇了大旱灾，江河干涸，牧草枯黄，他们无法生活下去了。于是，白马领着她的七十二个伙伴，离开家乡，寻找优质牧场去了。

他们走了好多天，来到了一块肥美的草原。这里，草儿青青翻波浪，清清的泉水甜又凉，鸟儿争鸣齐唱歌，漫山遍野百花香。

> **词句赏析**
> 通过描写草儿、泉水、鸟儿和花，突出了草原环境的优美，与前文中白马家乡恶劣的环境形成了鲜明的对比。

他们就在那儿住了下来，生活得很好。

一天，白马照例带领着她的伙伴们到河边去饮水，群马高兴得连跑带跳并用后腿乱踢起来。可是，他们中有一匹马不小心踏碎了七个雁蛋。

白马看到了，便对她的伙伴们说：“我们寄居在别人的家乡，本不该冒犯人家。可是如今不小心踏碎了七个雁蛋，毁坏了人家未来的子女，这怎么能再待下去呢！”白马说到这里，想了想，又接着说道：“我们走吧，伙伴们，我们回自己的家乡去吧！假如不走，明天早晨一定会遭到大雁的袭击！”

但是，她的伙伴们并没有听从她的规劝。

第二天大清早，果真有无数的大雁向他们袭来。结果，伙伴们都被大雁给啄死了，只剩下白马和她的白马驹。他们被群雁从四面八方包围住，啄得他们母子俩没有喘息的工夫。白马忍受着巨大的痛苦，保护着自己幼小的爱子。

群雁从前面攻来，她将爱子护在后面；群雁从背后袭来，她将爱子护在身前；群雁从左面攻来，她将爱子护在右侧；群雁从右面袭来，她将爱子护在左边。

白马和群雁搏斗了一上午。大雁们感到实在无法啄死他们两个，便腾空飞走了。

大雁飞走以后，白马全身都是血淋淋的。她领着小白马，踏上了归途。

在路上，不懂事的小白马看到妈妈身上的伤痕，好奇地问道：“妈妈，您身上那青一块、紫一块的东西是什么呀？”

“没有什么，孩子，可能是路过黑土岭，沾上黑土啦！”白马故意糊弄小白马说。

接着，小白马又发现了妈妈身上红色的东西，好奇地问道：“妈妈，您身上那一道道的红东西是什么呢？”

“没有什么，孩子，可能是路过红砂岭，沾上红砂土啦！”

走了一阵儿，小白马又发现妈妈的耳朵有了毛病，他又问道：“妈妈，您平时走路总是两耳竖起，现在为啥耷拉着耳朵呢？”

“没有什么，孩子，因为天气热，妈妈有些口渴啦！”

人物剖析

面对来自四面八方的群雁的攻击，白马奋力保护爱子。通过这段描写，我们可以感受到白马身上无私的母爱。

情节解析

与群雁战斗后的白马受了很重的伤，她不顾身上的伤，带着小白马踏上了归途。这为下文故事的发展埋下了伏笔。

说着，小白马又发现妈妈走路有些不正常，他又问：“妈妈，为什么您走起路来，左右摇摆、跌跌撞撞的呢？”

“没有什么，孩子，因为山高路远，妈妈有些累啦！”

就这样，白马一路上糊弄着她的孩子，拖着伤痕累累的身子，向自己的家乡奔去。可是，当他们终于爬上一道山岭，踏上家乡的土地时，白马突然止步不前。她再也走不动了，泪涟涟地对小白马说：“唉，孩子啊，妈妈要死啦！”

小白马听到这话，急得泣不成声地哀号着：“妈妈呀！幼小无知的我，离开了妈妈怎么能过活呀？！断绝了甘美的母乳，我将吃什么长大呀？！我的好妈妈，您不能永远活着，永远不死吗？！”

人物剖析

通过对小白马的语言描写，我们能够感受到他对母亲强烈的依恋。小白马不断地反问，表现了他对母亲的不舍。

“孩子呀！我们总有一死，世上从来没有永生呀！”白马嘱咐她的小白马说，“我的孩子！我死后，那柔嫩的野艾，可以代替我甘美的乳汁。你不会孤单，你会找到很多亲人的：越过前面那道山岭，你会遇到有上千匹马的马群，那里面有你的哥哥；往前再过一道山岭，你会遇到有上万匹马的马群，那里面有你的姐姐；再往前走去，你会遇到有一万万匹马的马群，那里面有你年老的祖母，她老人家会抚育你的。”

白马接着嘱咐说：“孩子啊！你要牢牢地记住：在你去找你祖母的路上，千万不要在背阴的地方住，那里特别寒冷，你应拣向阳的地方住宿，那里既温暖又安全；若遇见人家，你千万不要从人家的门前过，如果从门前过，那里会有牧人的看家狗咬你，淘气的孩子骑你，你应当从人家的房后过，这样就不会有人欺负你；到了你祖母那里，你不要在马群中间走，否则大马会踢你、撞你；你应当走在马群的边上，可是也不要走在马群后头，走在后头会遭到牧人的鞭打。”

白马对她的孩子嘱咐完，就倒地死去了。

小白马泪珠滚滚地绕着死去的母亲哭了一通之后，便按照母亲的嘱咐，向南边的山岭走去。

> **情节解析**　小白马泪别死去的母亲，踏上了新的征途，故事展开了新的情节。这段内容在故事中起到了承上启下的过渡作用。

途中，小白马一边走着，一边好奇地想着妈妈临终的遗言：“住在背阴的地方又能怎么样呢？”

天黑了，小白马试着在背阴的地方住下了。果然，夜里风大又冷，野狼嗥叫，不得安睡。于是，第二晚，他按照妈妈的嘱咐，在向阳的地方住了下来。那里果然既温暖又没有野狼来打扰，他睡得舒舒服服。

小白马想：妈妈说的话，果然没有错啊！从此以后，他住宿时，就总在向阳的地方住了。

可是，小白马对妈妈的第二个嘱咐又觉得有些奇怪，他想：从人家的门前过去，又能怎么样呢？

遇到人家的时候，小白马试着从人家的门前过了一趟，果然，牧人的看家狗挡住他的去路，不放他走；孩子们拦住他，非要骑他不可。最后，他左闪右躲，好不容易才摆脱了这些纠缠。当他路过第二户人家的时候，他按照妈妈的嘱咐，从房后跑了过去。果然不错，没有任何事情来打扰他，他安安全全地通过了。

事后，小白马心想：妈妈说的话，果然没有错啊！从此以后，小白马遇见人家，便从房后过去了。

> **情节解析**　文中反复出现对小白马的心理描写，强调他感受到了“妈妈说的话，果然没有错啊”。“妈妈说的话”不断得到验证，推动着故事情节的发展。

走了好多天，小白马终于找到了他的祖母。可是，当他想到妈妈的另一个嘱咐时，还是觉得有些奇怪，他想：走在马群后头，又能怎么样呢？

于是，小白马试着在马群后头走了一趟。果真，牧马人随后赶来，挥起长鞭把他打了一顿。

小白马心想：妈妈说的话，果然没有错啊！从此以后，他再也不在马群后头走了。

但是，当他想到妈妈还说过不能走在马群中间，还是有些奇怪，他想：在马群中间走，又能怎么样呢？

有一回，小白马试着在马群中间走了一趟。果然，别的马不是踢他，就是挤他，使他一刻都不得安宁。后来小白马按照妈妈的嘱咐，在马群边上走了一趟。这回他果然没有遭到马踢，也没有挨到马挤，而且还能捞到嫩草吃，行动非常自在。从此以后，小白马总是在马群旁边走了。

此后，小白马无论做什么事，都常常想到妈妈的嘱咐。

小白马遵循着妈妈的话去生活，迅速而又健康地成长起来。后来，他终于变成了一匹出名的骏马。

主题辨析

小白马通过实践，证明了妈妈教给他的经验是对的，慢慢地，他也长成了一匹骏马。这个故事赞美了白马对小白马无私的母爱，也启示我们不仅要接受别人给我们的建议，而且要亲自去探索、验证。

阅读随记

十只金鸡的故事

扫码获取音频

引言

阿南是个爱吹笛子的砍柴人，因救过龙王的女儿，得到了龙王二姑娘的宝珠。但这宝珠无意间被他同村的人发现了，消息传开后，被贪婪霸道的土司韶木尔知道了。韶木尔将阿南抓了起来，严刑拷打他。阿南有没有说出宝珠的来历呢？他和龙王的二姑娘之间又将发生怎样的故事？

从前，在茫茫的大海底，有一座通体透亮的水晶宫，水晶宫里住着龙王，他有十个女儿。这十个女儿就像十朵水仙花。在风平浪静的时候，她们就会变成十只金鸡，离开龙宫到海面上游玩。

> **词句赏析**
> 此处运用比喻的修辞手法，将龙王的十个女儿比作十朵水仙花，生动形象地写出了她们的美丽。

大海的东边是连绵的高山峻岭，上面长满了茂密的树木。在离山林不远的山坳里，有一个村庄。

一天，村里有一个彝家青年到树林去砍柴，他手勤脚快，不消多少时间，就砍好一捆柴。劳作久了，他便走到一棵大松树下，坐下来歇息。他想到自己艰难的生活、悲惨的身世，更觉得自己十分孤单，便把插在腰间的小笛子拿出来吹，以排解心里的烦闷。

悠扬的笛声穿过密林，飘到了海边。这时候，十只金鸡听到了动听的笛声，都觉得很惊奇，就循着笛声走来。

这吹笛子的人名叫阿南，他从小父母双亡，无依无靠，一个人以砍柴为生。笛子是他最亲近的伙伴，他常用它诉说悲惨的遭遇。这时，他一边想，一边吹，一时泪流满面。

十个姑娘走到他身边，他也没察觉，姑娘们没有想到，吹笛子的人竟是一个这般英俊、健壮而又衣着褴褛的砍柴人。十个姑娘你看我，我看你。

阿南听见身边有响动，便停止吹笛，抬起头来看。十妹见他抬头，扭头就跑，几个姐妹也跟着往回跑。唯独二姐刚要转身，又觉得这个小伙子有点儿面熟，便顿了一下，终于想起来了。

有一次，姐妹们在树林里嬉闹，你追我赶，正玩得高兴，突然蹿出一只老虎，多亏这位小伙子手提利斧跑来，大吼一声，把老虎吓跑了。想不到今天又在这里见到了他。

二姐走上前去轻声问："你可就是那天吓跑了老虎的大哥？"

阿南回答说："我就是，我叫阿南。"

二姐不再说什么，连忙拿出一颗亮闪闪的宝珠，放在阿南的羊皮褂上，随后便一阵风似的追赶九个姐妹去了。阿南拾起宝珠，忙着追赶姑娘，当他跑到海边时，十只金鸡已经回到大海里去了。

阿南捧着这颗闪光发亮的宝珠，心里既高兴又疑惑。他想：我难道遇到了人们所说的仙女？他不相信自己会有这样的福气。可是，这是确确实实的事呀！

阿南边走边想，很快就回到了家里。他才走进门，就听见身后的门一响，一群青年男女拥了进来，说的说，笑的笑，叫叫嚷嚷，搞得阿南也不知道是出了什么事，还以为小伙伴们已经知道了他在海边的奇遇。

"阿南哥，我们都等你来吹笛子呢。"

"啊！好吧，好吧。"阿南满心高兴地回答着，他又摸

人物剖析

小伙子阿南吓跑老虎，救了在树林里嬉戏的姐妹们。通过这段描写，我们可以感受到阿南是一个乐于助人，并且十分勇敢的人。

情节解析

二姐对待阿南的态度与其他姐妹不同，这为下文描写她与阿南的故事埋下了伏笔。

摸口袋，四处张望，想找个墙洞或什么地方，放好姑娘送的宝珠。没想到宝珠被小伙伴们看到了，他们你争我夺，都想看个究竟。

大家还一个劲儿地问：“你从哪里捡来的？”

阿南是个憨厚老实的人，他终于开口说：“是一位姑娘送给我的。”大家都为阿南高兴。

阿南有一颗宝珠的消息传开了，传到了土司韶木尔的耳朵里。他想：要是我韶木尔得到这颗无价宝珠，那么，天下最富有的人就是我啦！听说还是一位长得像天仙一样的姑娘送的，再把这个姑娘夺过来，那不是人财两得吗？好！就这样办！

人物剖析

运用心理描写，说明土司韶木尔是一个贪婪好色的人。

于是，韶木尔便高声叫来几个家丁：“去！你们快去，把那个叫阿南的穷骨头给我抓来。”几个家丁跑得比黄狗还快，不多时，阿南被绑到韶木尔面前。“嘿！我丢失了一颗宝珠，原来是你这个家伙偷了，快交出来。”

阿南心里明白，这是土司欺压穷人的老办法，他不屑一顾地说：“你家有什么宝珠？”

词句赏析

“不屑一顾”的意思是不值得一看，形容极端轻视。这里指阿南瞧不起土司韶木尔欺压穷人的行为。

“什么？老爷什么都有，牛羊满冈，树木满山，娃子遍地，粮食满仓，不要说一颗宝珠，就是一斗也有。”

“你家没有我这样的一颗。”

“什么？你还嘴硬，来人呀，快给我打，看他交不交出来！”韶木尔一声令下，家丁把阿南打得皮开肉绽，鲜血直流。

阿南咬着牙，心想：这是姑娘的宝珠，是她好心好意送给我的，宁死也不能让它落到韶木尔手里。

狠心的韶木尔拷打了阿南三天，阿南强忍痛苦撑了三天。第四天，韶木尔又来逼问阿南。

“你说，你穷得有上顿无下顿的，哪来的这颗宝珠？

> **词句赏析**
>
> “眼睛里容不得半点儿沙子”的意思是要求十分严格，对原则和底线丝毫不退让，容不得半点儿差错。这里用来强调阿南性格十分耿直，对别人诬赖他的话不能容忍。

不是偷来的还是怎么来的？”

为人耿直的阿南，眼睛里容不得半点儿沙子，他听不得别人说他偷东西。为了证实这宝珠的来路清白，就说：“我人虽穷，但穷得有志气，从来不偷不抢。告诉你，这颗宝珠是一个姑娘送我的。”

“呀！姑娘……那么你把那姑娘叫出来，我要亲自问她。”

“要问你去问。”

很久以来，在大海边流传着这样一个说法：有十只会变成美丽姑娘的金鸡。要是谁能娶到金鸡姑娘，就不仅讨到了一个漂亮的老婆，还会得到金山银山。

贪心的韶木尔听了阿南的话，立即带着一群家丁，押着阿南来到海边。但是阿南紧闭着嘴什么也不说。

韶木尔没有办法，只好仿效传说中引金鸡出来的办法，选了十只精壮的大公鸡放在簸箕上，又撒上一些芝麻，放到大海上漂浮着，逗引十只金鸡出来，等到她们正啄得高兴时，就快手快脚地把金鸡拉到岸上捉起来。

可是，只见一只只簸箕浸透水，十只大公鸡沉下海里去了，却不见有半根金鸡毛漂上来。韶木尔大为恼怒，把气撒到阿南身上，皮鞭像雨点一样劈头盖脸地向着阿南抽打过来，直到把手打酸了，他才罢休。

接着，他把阿南同村的人抓来，又是审问，又是吊打，又是哄骗，要全村人说出阿南是用什么办法把金鸡引出来的。可是全村人都说不知道。

无可奈何，韶木尔想了好几天，他终于想出一个他自认为最绝妙的办法：他把自己打扮成阿南的模样，悄悄地一个人走到海边，坐在一棵大松树下吹笛子。

不多时，平静的大海上漂起十只金鸡，一上岸，十只金鸡就变成十个美丽的姑娘。她们向大松树走来，走近了，一个个躲在树后面，还将二姐推向前。二姐羞答答地走向吹笛子的人。

韶木尔心里欢喜，眉飞色舞，大张着嘴，三步并作两步走，拿出一颗又黄又小的珠子，笑嘻嘻地迎了过去。二姐一看不是阿南，再看也不是她的宝珠，大吃一惊，忙问："你是谁？"

"哈哈！我是韶木尔，是来找你的。"

"你，你，你……不是阿南。"

"阿南，他是我家的娃子，让我给关起来了。这颗宝珠就是你送给他的那一颗，他交给了我，哈哈！你就是我的人了。"

韶木尔扑向二姐，他想抓住她。二姐闪到一旁，韶木尔扑了个空。二姐大叫一声，众姐妹一起跑过来，吓得鬼头鬼脑的韶木尔不敢动。十姐妹趁机跑回海边，纷纷跳进海里。

这时刮起一阵大海风，把韶木尔吹得睁不开眼。他好不容易追到海边，只见大海波涛翻滚，白浪滔天，十只金鸡却不见踪影。

十只金鸡回到龙宫，又急又恨，众姐妹都为阿南鸣不平。大家出主意，要救出阿南。大姐想出个办法，叫二姐禀告父王，说十姐妹在海边玩，唯独二妹的宝珠失落了，被一个砍柴人捡去，土司韶木尔知道后要抢夺这颗宝珠，就把砍柴人抓起来，请父王派兵去攻打土司衙门，把人找到，追回宝珠。二姐照大姐出的主意做了。

老龙王听到宝珠失落，二话不说，立即发兵去攻打土司衙门。成排成排的士兵，也不知有几千几万，一个个浮出水面，举起刀剑，满山遍野地追杀韶木尔和他的家丁，然后把阿南带到龙宫里来了。

十姐妹知道阿南被带来了，满心高兴，可是一看到

人物剖析

此处通过对韶木尔的动作描写和神态描写，表现了他自以为奸计得逞后的窃喜之态，一幅奸诈、狡猾的小人画像跃然纸上。

阿南被捆得结结实实，不觉又非常难过。

一场审讯开始了，老龙王问："你为什么要把我二姑娘的宝珠拿走？"

"不，我是……"

"是什么？你见财起意！"

"不，我是喜欢她。"

"你是什么人，胆敢喜欢我的女儿？"

"我虽是一个穷苦人，但我有一颗真心。"

"胡闹！给我推出去喂鱼！"老龙王说。

十姐妹上前求情。大姐把姐妹们上岸结识这位青年的经过细细地说给了老龙王听。老龙王听了，不仅没有发怒反而高兴起来，说："啊！原来是这样，为什么不早讲，他是个好人呀！对！对！对！把宝珠送给他。"

老龙王还吩咐左右，拿出一把闪光的金斧头来，说："你是砍柴人，再送你一把好斧头，只要轻轻碰到一点儿树皮，大树就能砍倒。"阿南很感激老龙王。老龙王想了想，又问："小伙子，你还要什么？"阿南没有回答，他和二姐呆呆地对看了好一会儿。老龙王会意了，说："今后你如果有什么困难，就到海边来吹你的笛子，她们几姐妹就会去帮助你。"

情节解析

老龙王通过阿南和二姐的神情，感受到了小伙子和二女儿之间的情谊。老龙王没有直接点破真相，为后面故事的发展埋下伏笔。

从此以后，有时是十只金鸡一起漂到海面来，听阿南吹笛子；有时是二姐一人来，他再也不是一个孤孤单单的人了。

日子过得很快，转眼又是一年。在海菜花开的时候，老龙王生病了，什么药都吃过，总是医不好。一位神医说："要找到天心草，龙王才能得救。"到哪里去找天心草呢？龙王有气无力地说："有谁找到天心草，可与我的女儿自由婚配。"十姐妹想起阿南来了，很快找到了他，把老龙王的话传给了他，并祝愿他能找到天心草。

阿南平时砍柴，踏遍了深山老林。一听这话，他不辞劳苦，翻山越岭去找天心草。功夫不负有心人，阿南终于找到了天心草。他带着天心草回到海边，二姐早已在海边等着他。阿南把天心草交给二姐，二姐把天心草带回去了。

没几天，老龙王的病果然好了。老龙王非常高兴，他说：“我说话算话，是哪一个找到天心草的呀？快快告诉我。”九个姐妹都在笑，二姐羞得低下了头……

阿南和二姐很快结了婚，过上了幸福的日子。

词句赏析

“功夫不负有心人”的意思是只要用心做事，就会取得成功。这里指阿南不辞辛苦，翻山越岭，终于找到了老龙王治病需要的天心草。

阅读随记

人物关系巧梳理

姓　　名：

年　　级：

阅读日期：

《十只金鸡的故事》中出现了很多个人物，有的是主人公，有的是主要人物，有的是次要人物。他们之间存在着怎样的关系？请试着用思维导图的形式梳理一下。

示例：《灰姑娘》人物关系思维导图

扫码获取音频

阿　里　山

引言

传说，现在草木繁茂、气候宜人的阿里山，以前其实是一座秃山，寸草不生，直到发生了一件奇事，它才焕发生机。秃山上的小伙子阿里，为了救两个女子，打了老寿星，激怒了玉帝。玉帝下令让雷神用雷火烧死这一带的生灵，阿里主动到秃山引雷，他死后，那秃山却开始生长植物。

在台湾嘉义县[①]的东面，有一座海拔三千多米的高山，名叫阿里山。山上生长着一片片原始森林，台湾盛产的三件宝——大米、甘蔗和樟树，其中樟树大部分就生长在这里。这里一年四季鸟语花香，是台湾有名的游览胜地，特别引人注目的是半山腰上的一棵齐天高的大桧[②]树。据说，这棵桧树有三千多岁，人们都管它叫“神木”。

传说，阿里山原叫“秃山”，因为它满山不长一棵树、一棵草、一朵花。那么，这座秃山是怎样有了树木和花草呢？又为什么改名叫“阿里山”呢？当地流传着这样一个故事。

从前，在这座秃山北面的一个沟岔上，住着一个靠打猎为生的小伙子，名字叫阿里。

有一天，阿里在北山坡上打猎，突然，看见山下有一只吊睛白额大老虎正在追赶两个采花姑娘。

阿里急忙从山坡上跑下来，一下跳到虎背上，手起刀落，只听“咔嚓”一声，老虎脑袋被砍落在地上。两个采花姑娘得救了。

① 嘉义县：现台湾嘉义市。

② 桧：guì。

他刚要回北山坡上打猎，又见从天上落下来个手拿龙头拐杖的白胡子老头儿，老头儿一边说话，一边拉着两个姑娘往南山坡上走。

阿里大喝一声："住手！"一个箭步冲到那个坏老头子的面前，夺下龙头拐杖，照着那老头儿的前额狠狠打了一下。

那老头儿的前额立刻起了个大疙瘩。他痛得大喊一声，放开那两个姑娘，一甩袖子，向空中飞去，一转眼就不见了。

没过多久，晴天响起了雷声，那雷声由远而近，越来越大，只见那两个采花姑娘吓得浑身乱颤，她们焦急地说："坏事了！坏事了！"

阿里奇怪地问："这是怎么回事？"

两个姑娘说："我俩本是天宫的仙女，听说这儿风景优美，就偷偷跑来了。不想，遇见了恶虎，多亏你救了我们的性命。谁知，由于贪恋美景，误了时辰，玉帝派老寿星下来捉拿我俩回天宫治罪。我们害怕玉帝的刑罚，不想回天宫。正在老寿星拉我们的时候，你却跑过来把他打跑了。他把这件事告诉了玉帝，玉帝震怒，下令让雷神用雷火烧死这一带的生灵呢！"

阿里听她俩这么一说，吃惊不小："难道就没有什么办法，搭救这一带的生灵吗？"

两个仙女说："只要有豁上性命的人，跑到南面那座秃山顶上，把雷火引开，使雷火不能蔓延，就能保住这一带的生灵了。阿哥你远远躲开，我俩到秃山顶上去引雷火吧。"

阿里摇着头说："不，老寿星是我打的，祸是我惹的，还是让我去引雷火吧！"他说着，就拿着那个龙头拐杖，急忙向南边的那座秃山上跑去。

他心急跑得快，不一会儿就登上秃山的山顶。他仰起头来，朝着天空高声喊道："雷神啊！老寿星是我打的，那两个仙女是我保护的，祸是我惹的，与别人无关！你那雷火，朝我身上击吧！"

这时，雷神正好来到秃山上空。他举起雷钻和闪锤，只听"轰隆"一声响，一个响雷把阿里的身体击得粉碎，雷火在秃山顶上熊熊燃烧起来。

雷神转身到天宫交差去了。因为这座山上没有树木和花草，雷火还没燃烧到半山腰，就自己熄灭了。

阿里虽然被雷火击死了，但是他死后，这座秃山上漫山遍野，长出了一片片树林。人们都说，这些树木是阿里被雷火击碎了的皮肉和头发变成的。那棵神木呢？就是老寿星的那根龙头拐杖变成的。

那两个仙女见到这种情景感动极了，两个人合计了一下，说："阿里阿哥是为我们俩和大伙儿死的，他死后，皮肉头发都变成了树木，为人们造福。我们俩就变成花草，好给阿里阿哥做伴，也能为人们造福。"

从此以后，这座秃山才有了树木和花草。人们为了纪念这个舍己为人的好后生，就把这座山改名叫阿里山。

阅读随记

扫码获取音频

镜 泊 湖

引言

风光秀丽的镜泊湖如一颗明珠镶嵌在祖国东北的大地上，它以独特的、朴实无华的自然美景闻名于世。传说，它其实是西王母的一面宝镜，在一次蟠桃盛会后，被醉酒的仙女不小心掉落到人间，变成了镜泊湖。

传说，很久很久以前，玉皇大帝过生日，各路神仙都到灵霄宝殿去给他拜寿。这天，西王母也格外欢喜，大摆蟠桃盛会，宴请众神。她请来了五方五老、二十四洞神仙、各宫各殿的大小尊神，还有不少仙娥天女。

众仙诸神赶到瑶池的时候，就见宝阁里琼香缭绕，瑞霭缤纷，到处是一派喜庆景象。再看酒筵上，真是：珍馐美味般般有，奇果佳酿色色新！

> **词句赏析**
>
> 此处运用了对偶的修辞手法，形容食物种类繁多，而且味道鲜美。这句话说明了酒筵很隆重，食物非常美味。

众男神宴饮完毕，各自归位去了。西王母余兴未尽，把各位仙女挽留下来，重整金桌，再排玉盏，撤去玉液，更上琼浆。众仙女畅饮得高兴，一个个梳洗更衣，浓妆艳抹，轻舒长袖，翩翩起舞。也不知道赴蟠桃盛会的仙娥天女有多少，光是泼出去的胭脂粉水，就把天河给灌得满满登登了。这一来，一条长带似的瀑布，就从天河那儿排空直泻，一直流进群山环抱的牡丹江，那里一下子变成一片晶亮如玉的大湖。

这次宴会过后的一天，西王母正要梳头，走到檀木镜架前一看，发现她的平波宝镜不见了，找遍各宫各殿也不见宝镜的影儿。西王母很着急，命雷公和电母赶紧寻找。于是，雷公掌着天鼓，电母擎着闪镜，一路电闪雷鸣，轰轰隆隆地奔下了天庭。他俩查遍了江河湖海和名山大川，当来到宁温托上空的时候，迎着电母闪电的光亮，照出在一片大水当中盛开着一朵好大的牡丹花。四周的群峰，是它的叶瓣；大水中心的四个小岛，是它满挂花粉的花蕊。花间颤动闪光的露珠，一颗颗跌落下来，滚进水里，汇成一片晶亮的大湖。就在那花的中心，静静的湖水里，平放着一面闪耀着奇光异彩的宝镜。雷公和电母到底把西王母的平波宝镜找到了！

这面宝镜，到底怎么掉到这里来的呢？原来，在蟠桃盛会上，不知哪位醉酒的仙女，一不小心，把西王母的宝镜刮落到洗脸盆里。然后，又不知哪位粗心的仙女，倒洗脸水时，连同宝镜一起泼进了天河。宝镜便顺着瀑布，稀里哗啦地滚落到大湖中央。自从那面镜子掉进来以后，湖水就变得平静无波，任凭刮多大风，也掀不起一点儿波浪。湖水又清又香，招引来无数蜻蜓、凤蝶、蜜蜂。无论冬夏，总是一派艳丽的春光。

西王母听说宝镜已经找到，满心欢喜，就带领众家天女，一路来到大湖。近前一看，心爱的宝镜正在湖底闪闪发光，她这才放心。西王母望着这苍山碧水，无边林海，觉着这里的一草一木，无一不好，不免赞赏一番。有位仙女看到这么美妙的景色，不禁感叹起来，顺口说道："还是人间胜于仙界，天上不如凡间。依我说，咱就别再回去了，往后就住在这儿得啦！"

西王母听了，连忙训斥道："不可胡说！若是果真喜爱这里景色，可把宝镜留在湖中，镇风压浪，把它作为你们姐妹的天外花园、人间浴池吧！"西王母一时心血来潮，随口给大湖起了个名字，叫"镜泊湖"。

各仙女听了，连声喝彩说："镜在泊中，波平如镜，

词句赏析

这句话运用了比喻的修辞手法，将四周的群峰比作牡丹花的叶瓣，将小岛比作花蕊，生动形象地写出了水中美景的秀丽、壮观。

情节解析

结合宝镜镇压风浪的特点，西王母给大湖赐名"镜泊湖"。这一关键情节介绍了镜泊湖名字的由来。

真是太好了！”

自此，西王母便答应众仙女，每年农历六月十五晚上，趁着明洁如昼的月光，可到湖里洗一次澡。那西王母又怕哪个邪恶妖魔，偷偷地把平波宝镜盗走，扰乱了大湖的平静。因此想派个大神在这里镇守，护卫大湖和宝镜，但一时又想不出恰当的看守来。

她们来到老椴树跟前，问道：“老椴树啊，你年岁最大，德高望重，就请你来看守大湖和宝镜吧！”

老椴树轻轻摇晃一下身子，慢声细语地说：“不行啊！我皮薄根浅，还是找老松树去吧！”

她们来到老松树跟前，说道：“老松树，你见多识广，众口称赞，就请你来看守湖中的平波宝镜吧！”

老松树摇动着又高又壮的身子，瓮声瓮气地说：“不行啊！我笨手笨脚，你还是去找老黑山吧！”

西王母又带领众仙来到老黑山跟前，对他说：“老黑山啊，你居高望远，胆壮心细，那就请你看守平波宝镜吧！”

老黑山摇动一下身子，睁开了四季常闭的眼睛，抖着雪白雪白的胡须和眉毛说：“难得王母托付，愿与大湖做伴，日夜守护宝镜，决不怠慢！”

这就是矗立在镜泊湖岸边的那座老黑山，也叫大黑山。不论冬夏，他总是挺直身子站在那里看湖护镜。据说，连大黑山的名字，都是王母娘娘给起的。当地流传着一句俗语，黑山老人——四季不离位，就是在说大黑山看守宝镜忠于职守。

词句赏析

“瓮声瓮气”用来形容声音粗大低沉。结合老松树又高又壮的特点，“瓮声瓮气”一词让我们在阅读时更加富有画面感。

人物剖析

通过对老黑山的外貌描写，我们仿佛看到他老态龙钟的样子。通过语言描写，我们感受到他守护宝镜的决心。

神医侍司懿

扫码获取音频

引言

在苗族流传着这样一个故事，名医侍司懿医术高明，心系黎民，为了寻找长生不老、起死回生的药，来到了月亮上……

古时候，苗家有个医生名叫侍司懿，他的医术十分高明，什么病都能治好。他的药不光治病，还能延年益寿。世上没人不知他的能耐，都称他为“神医”。

侍司懿很好学，他医术高明，但仍然充满求知欲。他见天上的玉皇大帝、王母娘娘、太上老君、太白星君这些人，不但不会生病，甚至也不会死。他想：天上一定有令人不病不死的药。

于是，侍司懿决定上天采药！天上的一日，就是地上的一年。他一去三十多天，回来的时候，他的妻子儿女和很多村民已经死于瘟疫。还活着的人骨瘦如柴，病入膏肓，他用高超的医术救活了这些人。可是死去的却无法再救活了。

侍司懿仰天长叹道：“唉！医生、医生，只能医活着的人，不能医死了的人，这算什么本事啊！”

侍司懿知道太上老君有起死回生之药，连枯骨都能救活，就又上天去求他传授。太上老君启奏玉皇大帝和王母娘娘，玉皇大帝和王母娘娘不准传授，说：“人终有一死，假如都像我们这样，永生不死，地上住不下了，他们打上天来怎么办？”

太上老君听了，就出了个坏主意：“为保天上永世平安，这个侍司懿，就不要再放回人间了。”玉皇大帝和王母娘娘不解。太上老君说：“他第一次上天，向我学了不死之术；这次他来，要我传回生之方。如让他回去，世上的人不就同我们一个样儿了吗？他们只生不死，总有一天要打上天来的。”

玉皇大帝和王母娘娘听了，大惊失色，忙问道：“那怎么办？得找个理由把他扣下来才好！”

太上老君笑道：“这个容易，还叫他怨不得谁哩！”

他回到殿里，对侍司懿说：“你不是来要起死回生的药吗？”侍司懿高兴地说：“是呀！老君，请传给我吧，好回去救死了的人啊！”

太上老君说：“药就在月亮上的那棵檀香树里头。”

“怎么才能拿到呢？”

“把树砍了就能得到。”

侍司懿便去月亮上砍檀香树。谁知斧砍下去，提起来时，檀香树被砍开的口子又长合了。他从早砍到晚，连树皮都没砍下一片。他去问太上老君：“檀香树砍不倒，这是为什么？”

太上老君说：“这就是起死回生嘛！你砍了它一刀，砍掉的地方就又复生了。”

“怎么才能砍倒呢？”

“你砍一斧子，用脖子去比一下，再砍一斧，再比一下。这样，砍了的地方就不会长合了。”

侍司懿便照太上老君说的去做，果然砍了以后，口子不见长合了，他就砍一下比一下地干下去。谁知砍到一半，砍到树心的时候，侍司懿刚用脖子去比，口子忽然长合了，将他的脖子也卡住啦！

从此，神医侍司懿就被卡在月亮上的檀香树树干上了。不信，有月亮的晚上你看吧，檀香树树干上卡着个人，那便是神医侍司懿！你看，他还在挣扎呢。要等他摆脱了，人间才有长生不老和起死回生的药。

好词好句

好词摘录

高明　延年益寿

（摘录理由：写出了侍司懿医术的高超。）

好句摘录

古时候，苗家有个医生名叫侍司懿，他的医术十分高明，什么病都能治好。他的药不光治病，还能延年益寿。

（摘录理由：写出了侍司懿医术的高明玄妙。）

侍司懿便去月亮上砍檀香树。谁知斧砍下去，提起来时，檀香树被砍开的口子又长合了。他从早砍到晚，连树皮都没砍下一片。

（摘录理由：写出了侍司懿砍檀香树的辛苦以及檀香树的神奇。）

故事评一评

姓　　名：________
年　　级：________
阅读日期：________

读完本书后，你最喜欢的故事是哪一篇？请给故事打分（多一分就涂满一颗星，多 0.5 分就涂半颗星星，满分 5 颗星星），看一看你最喜欢的、比较喜欢的和最不喜欢的故事分别是哪个，并说明理由。

喜欢程度	故事名称	分值	理由
最喜欢的		☆☆☆☆☆	
第二喜欢的		☆☆☆☆☆	
比较喜欢的		☆☆☆☆☆	
不太喜欢的		☆☆☆☆☆	
最不喜欢的		☆☆☆☆☆	

人物性格

姓　　名：
年　　级：
阅读日期：

每个人都有独特的性格特征。请选择本书中的一个人物，在下面的词汇框中圈出你觉得可以总结他／她性格特征的词语。

我选择的人物是＿＿＿＿＿＿＿＿＿＿＿＿。

勇敢的　卑劣的　充满爱心的　呆滞的　孝顺的

知识渊博的　消极的　忧郁的　热爱生活的

小气的　吝啬的　安静的　严肃的　笨拙的

聪明的　慷慨的　暴躁的　自私的　活泼的

沉默寡言的　胆小的　固执己见的

积极向上的

谦虚的　虚荣的　勤劳的　邪恶的　亲切的

愚蠢的　浮躁的　和蔼的　自作聪明的

粗鲁的　诚实的　善良的　软弱的　奇怪的

易怒的　小心眼的　坚强的

有趣的　悲观的　可爱的　大方的

机灵的　健谈的

善于学习的　懒惰的　踏实的

人物颁奖礼

姓　　名：

年　　级：

阅读日期：

在这本书中你喜欢哪些人物？如果让你为他们颁奖，你会设计什么奖？请从下面的头衔中选择合适的，为他们颁奖。

最受欢迎奖　最佳奉献奖

最聪明奖　最美丽奖　最乐于助人奖

最勤劳奖　最好学奖　最博爱奖

最辛苦奖　最幽默奖　最博学奖

最勇敢奖　最佳创新奖　最好教师奖

三好学生奖　最佳领袖奖

人物：________	人物：________	人物：________
奖项：________	奖项：________	奖项：________

我是广播小记者

姓　　名：__________
年　　级：__________
阅读日期：__________

如果你是一名学校广播站的小记者，现在需要采访一名或几名本书故事中的人物，你想采访谁？又想问些什么问题呢？

想采访的人物：__________，他/她出自__________（故事名）

想采访的问题1：__________

____

想采访的问题2：__________

____

想采访的问题3：__________

____

为什么想问这些问题？

____

____

____

____

词语补给站

姓　　名：

年　　级：

阅读日期：

在阅读本书的过程中，你发现了哪些令人耳目一新的词语或句子？请摘录下来，并说明摘录的理由。

令人耳目一新的词语：

感到新鲜的理由：

令人耳目一新的句子：

感到新鲜的理由：

主题提炼

姓　　名：

年　　级：

阅读日期：

主题就是文章的中心思想，即作者对人、事物的认识和态度，以及由此表现出的情感倾向。在你阅读的故事中，有哪些句子能够体现作者的情感倾向、主要观点或核心思想？请找一找，摘录出来，并试着提炼故事的主题。

故事名称：

能够体现作者的情感倾向、主要观点或核心思想的句子：

从中可以提炼出的主题：

我是小作家

姓　　名：________
年　　级：________
阅读日期：________

在本书出现的人物中，哪个人物的结局让你觉得有些遗憾呢？请试着改编故事，给他 / 她一个美好的结局。

我选择的人物是 ________________。

故事新编

阅读报告

姓　　名：
年　　级：
阅读日期：

这本书的书名是什么？作者是谁？

阅读这本书你大概用了多长时间？你是怎么安排阅读计划的？

这本书共有几个故事？故事的主人公都有谁？

你最喜欢这本书里的哪个故事？简要复述一下故事梗概。

这本书里的哪个主人公给你留下的印象最深？为什么？

读完这本书，你明白了什么道理，抑或学到了什么新知识？

你会把这本书推荐给你的朋友吗？如果会，你又会怎么推荐呢？

最高推荐指数是五颗星，你会给这本书打几颗星？

☆☆☆☆☆

阅读心得

《中国民间故事：田螺姑娘》读后感

《中国民间故事：田螺姑娘》这本书中有不少故事反映了劳动人民对于历史人物的评价与认识，而且这种评价与认识往往带有强烈的主观色彩。

《宝莲灯》讲述了沉香不畏艰难险阻劈山救母的故事，既赞美了沉香坚持不懈、顽强不息的精神，又让读者为沉香的孝顺所感动。

《鲁班和张半》通过了解鲁班借让张半做桌子以及给张半媳妇做木驴教训张半的一系列故事，我们不但对木工的知识有了一些了解，同时也明白了做人不应傲慢自大的道理。

《包公的故事》通过两个小故事的组合，给我们展现了一个多面的包公形象：治理胭脂山的故事，体现了包公“为官一任，造福一方”的为官理念；巧断案的故事，则突出表现了包公卓越的智慧。

此外，《华佗的故事》赞扬了华佗潜心学医、一心为民的奉献精神；《李白求师》表现了李白的谦虚好学；《郑板桥巧断家务事》则赞美了郑板桥的聪明才智和一心为民的高尚情操。

阅读《中国民间故事：田螺姑娘》里有关历史人物的故事，我们可以从中了解一些人物的秉性特点，学习他们身上的美好品质，感受民间传说的神奇和其中蕴含的美好意愿。

核心素养阅读任务

阅读任务一：整本书阅读

在中华民族几千年的历史长河中，流传着许多由劳动人民创作的民间故事。这些故事生动有趣，表达了中国古代劳动人民朴素而美好的愿望，因此世代流传而经久不衰，比如《田螺姑娘》《梁山伯与祝英台》《八仙过海》等，就是中国民间故事中传诵不绝的经典。

1 将下列图片与其对应的民间故事连线。

《唐伯虎的传说》

《青出于蓝而胜于蓝》

《孟姜女》

2 完成下面的阅读挑战。

阅读挑战我能行	
①《宝莲灯》这个故事中的三圣母是掌管（　　）的神仙。	
②花木兰是中国古代（　　）时期的人。	
③西樵山天镇峰下的山坡上，有一群怪石，形如鸟聚，被人们称为（　　）。	

3 快速阅读并梳理下列三个故事的主要情节和结局。

故事名称	主要情节	故事结局
《兔儿爷》		
《田螺姑娘》		
《傣家竹楼的故事》		

4 梳理故事情节和结局后，用自己的话讲一讲前一题中的三个故事。

____

____

____

____

____

5 在《中国民间故事：田螺姑娘》中，有许多和劳动人民的生活密切相关的故事，有些故事流传广泛，甚至在古诗文中都有记载，比如《木兰从军》的故事，就被记载在南北朝时期的一首《木兰辞》中。花木兰女扮男装，替父从军，早已成为家喻户晓、古今传颂的巾帼英雄，花木兰替父从军的故事也被拍成了许多影视作品。阅读《木兰从军》，梳理故事的情节档案，并与同学一起分享、交流。

《木兰从军》	情节	简述
第一部分		
第二部分		
第三部分		
第四部分		

6 中国历史上有许多家喻户晓的清官，他们的很多事迹我们都耳熟能详。接下来，请你根据下面的词语猜一猜，这是在本书出现的哪位清官？

英明决断

不畏权贵　　＿＿＿＿＿＿　　断案如神

铁面无私

7 在中国民间故事中，还流传着许多少数民族人物的故事，比如《十只金鸡的故事》《神医侍司懿》等。例如《十只金鸡的故事》，在阅读的过程中，我们的脑海里会根据故事的描述出现生动的人物形象，这也是阅读的乐趣之一。下面请你凭借自己对《十只金鸡的故事》的印象与了解，试着用自己的话描述一下故事主人公的形象。

＿＿＿＿＿＿＿＿＿＿＿＿＿＿＿＿＿＿＿＿＿＿＿＿＿＿＿＿＿＿

＿＿＿＿＿＿＿＿＿＿＿＿＿＿＿＿＿＿＿＿＿＿＿＿＿＿＿＿＿＿

＿＿＿＿＿＿＿＿＿＿＿＿＿＿＿＿＿＿＿＿＿＿＿＿＿＿＿＿＿＿

＿＿＿＿＿＿＿＿＿＿＿＿＿＿＿＿＿＿＿＿＿＿＿＿＿＿＿＿＿＿

阅读任务二：文学阅读与创意表达

1. 梳理和概括故事情节，可以让我们对故事有更清晰的了解。经过阅读和对情节的梳理，相信你已经初步了解了《宝莲灯》的故事。请分享你制作的情节发展导图，并说一说故事中令你感触最深或最感兴趣的部分。

2. 沉香救母的情节可谓是《宝莲灯》中最精彩之处。

接下来，请你结合自己的阅读体验，分享“沉香救母”这一情节中的精彩细节，并总结故事反映出的人物特点及你的感悟，创造性地讲述这个故事。

3. 《木兰从军》这个故事语言平实，情节生动，深受人们的喜爱。请你将自己最喜欢的部分讲给同学听。想要把故事讲得生动、有吸引力，就要丰富故事的细节内容。最后，还可以加上自己对人物的点评。

4. 人物形象的塑造离不开精彩的故事情节，在阅读的过程中，我们可以抓住故事中的情节描写，更加全面、深入地认识人物。下面请你结合《包公的故事》这一篇中的两个小故事，从具体情节入手，分析包公的人物形象和精神品质。

阅读任务三：思辨性阅读与表达

你觉得《傣家竹楼的故事》中的哪些语句让故事情节变得更精彩？请你摘录这些语句，并进一步去品味和感悟。

摘录语句	分享感悟

（北京市东城区灯市口小学　毛春苗 / 撰写）

参考答案

阅读任务一：整本书阅读

❶

《唐伯虎的传说》

《青出于蓝而胜于蓝》

《孟姜女》

❷

阅读挑战我能行	
①《宝莲灯》这个故事中的三圣母是掌管（　　）的神仙	华山
②花木兰是中国古代（　　）时期的人	南北朝
③西樵山天镇峰下的山坡上，有一群怪石，形如鸟聚，被人们称为（　　）	“百鸟归巢”

❸

故事名称	主要情节	故事结局
《兔儿爷》	瘟疫夺命—玉兔救命—感谢玉兔—尊为“兔儿爷”	后来，人们就在中秋之夜供奉玉兔，称为“兔儿爷”，感谢其带来健康和吉祥

（续表）

故事名称	主要情节	故事结局
《田螺姑娘》	谢端捡螺，用缸饲养—田螺报恩，暗中帮忙—帮助创业，日子变富—感恩道别，重返天庭	最后，田螺姑娘重返天庭，谢端也成了家，过上了幸福的生活
《傣家竹楼的故事》	澜沧江边，生活幸福—地方官压榨，逃入山林—生活凄惨，遇诸葛亮，重返坝子—废陋规，保护傣家人—开荒种地，越来越好—建傣家竹楼	人们过上幸福生活

❹ 示例①：

《兔儿爷》：传说北京地区有一年发生了瘟疫，很多人因此失去了生命。嫦娥仙子看到这幅凄惨景象，就让捣药的玉兔带着药下凡，挨家挨户给人看病。得病的人吃了玉兔的药，身体渐渐康复；没病的人吃了玉兔的药，也能强身健体。人们要感谢玉兔，玉兔说只喜欢人间的衣服和坐骑，于是每家每户都给玉兔准备了衣服和坐骑。玉兔穿上了各种各样的衣服，也有了很多种坐骑。后来，人们就在中秋之夜供奉玉兔，称为“兔儿爷”，感谢其给人间带来健康和吉祥。

示例②：

《田螺姑娘》：从前有一个名叫谢端的小伙子，他在田间耕作时捡到了一个快干死的大田螺，就把大田螺扛回家放在大水缸中养着。后来，谢端家里发生了许多奇妙的事情，比如家里不知被谁收拾得干干净净，还有丰盛的晚餐……为了查出真相，谢端躲到窗外偷看，发现从水缸里走出来一位清秀的少女，少女在暗中帮助他做了许多事。原来，田螺姑娘就是谢端带回家的那只田螺，她是为了报答谢端的救命之恩才这样做的。后来，在田螺姑娘的帮助下，谢端的日子开始变得富裕了。最后，田螺姑娘重返天庭，谢端也成了家，过着幸福的生活。

示例③：

《傣家竹楼的故事》：很久以前，傣族的先人在澜沧江边定居，本来生活得很幸福，不料东汉末年之时，地方官残暴贪婪，剥削傣家人，傣家人纷纷出逃，生活凄惨。后来，他们遇到了带兵迷路的诸葛亮。勇敢的猎手岩肯帮助诸葛亮把军队引出迷途，而诸葛亮则废除了严苛的法令，重新制定了保护傣家人的新规定。诸葛亮还教傣家人开荒种地，让他们吃上了米饭。傣家人的日子越来越好了。最后，傣家人在诸葛亮留给他们的绸子条的启发下建造了形似诸葛亮帽子的傣家竹楼。

5 示例：

《木兰从军》	情节	简述
第一部分	花木兰年轻能干，武艺高强	南北朝时期，北方有个武艺高强的姑娘叫花木兰，她擅长骑射，拥有一身好武艺
第二部分	花木兰女扮男装，替父从军	朝廷要和柔然开战，急需将士，要征花木兰的父亲上战场。花木兰决定女扮男装，替父从军
第三部分	花木兰救下元帅，擒住敌军将领	在战场上，花木兰英勇杀敌，先是杀退敌军，救出元帅，得到元帅重用，屡建奇功；后来设计擒住了敌军将领，敌军投降。元帅想把女儿许配给花木兰
第四部分	花木兰荣归故里，做回女子	花木兰请愿还乡，脱去战袍，换上女装，此时战士们才知花木兰为女儿身

6 这位是铁面无私的包公包拯。

7 示例①：

阿南穿着朴素的彝族衣服，肩上扛着一把锋利的斧子，满头大汗地坐在大松树下，吹着一支小巧的笛子。

示例②：

二姐容貌娇俏美丽，衣着华丽，像一

朵水仙花一样惹人喜爱。

阅读任务二：文学阅读与创意表达

1 示例①：

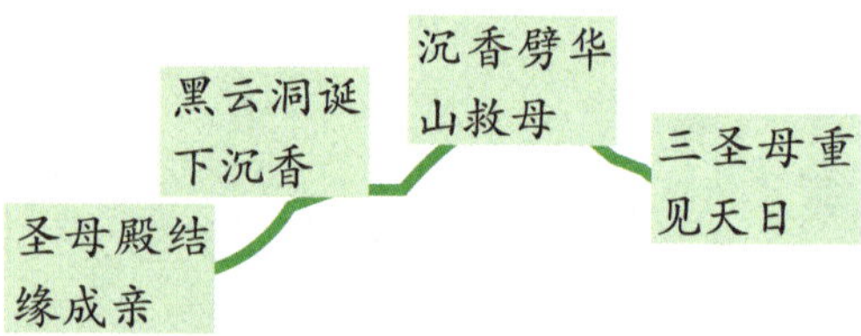

我通过情节曲线图对故事进行了情节梳理，我对最后沉香在霹雳大仙的帮助下，换皮肉，炼筋骨，最终用宝斧劈开华山，与母亲重逢的情节感触最深。这个故事告诉我，无论是天上还是人间，正义善良永在。

示例②：

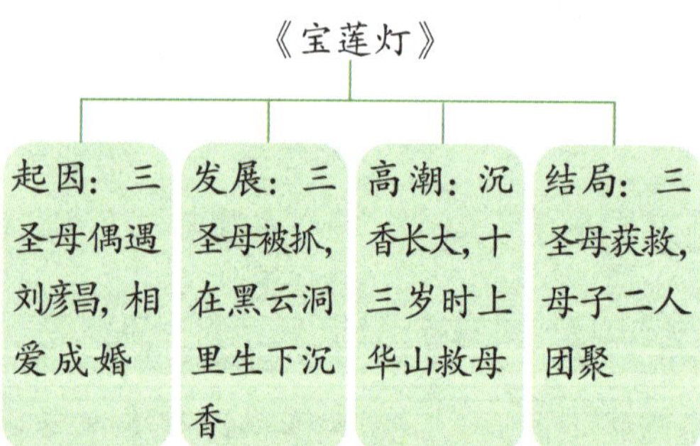

我按照起因、发展、高潮、结局的思路，对故事脉络进行了梳理，其中我对十三岁的沉香独自到华山，历尽艰险救出母亲的部分最感兴趣。

2 示例：

我用表格的形式梳理了沉香救母的情节，现在把其中的精彩细节分享给大家。

情节	精彩细节	人物特点及感悟
沉香救母	精彩细节一：沉香十三岁时发现血书，得知母亲被压在华山底下，决定只身前去救母	人物特点：沉香英勇无畏，不畏艰难困苦、敢于坚持不懈
	精彩细节二：沉香历经千辛万苦，路上经过天河，沉香被天河水冲洗后脱胎换骨，变得力大无比；最终在霹雳大仙的指导下，沉香取到神斧	
	精彩细节三：沉香来到黑云洞前，三圣母让儿子去求舅舅，而华山二郎反而要砍杀沉香，沉香和舅舅打得昏天黑地	感悟：沉香在救母的过程中，得到了霹雳大仙和玉皇大帝的帮助，说明世界上善良和正义的人会站出来匡扶正义
	精彩细节四：华山二郎想回府取宝莲灯降伏沉香，霹雳大仙奉玉帝旨意让华山二郎回天庭，不得为难沉香。沉香抡起神斧劈开华山，母子二人终得团聚	

我为大家讲一讲沉香救母这个情节：

话说沉香十三岁那年，偶然发现了三圣母留下的一封血书，发现了自己的身世和母亲三圣母被压在华山底下黑云洞里的秘密。小沉香想到自己的母亲整日生活在暗无天日的黑云洞里，不禁悲痛万分，泪如雨下。他不告而别，独自上华山。沉香终究是个孩子，一路上他省吃俭用，风餐露宿，饥一顿饱一顿的，终于来到了华山脚下。可面对高耸险峻的华山，年幼的沉香感到不知所措，就在这时……

3 示例①：

我喜欢花木兰决定替父从军后为自己准备行头的这个部分。勇敢、孝顺的花木兰来到集市，挑了一匹马，又给马配上了马鞍、马鞭和马笼头等。花木兰看着自己的长发和衣裙，心想：若想顺利替父从军，必须舍弃这身女子装束才行！她不再犹豫，当机立断地剪短了长发，换上战袍，彻底变作英姿飒爽的男儿模样。女扮男装的花木兰一翻身跨上马背，扬起马鞭，马儿嘶吼一声，嗒嗒地向家的方向跑去。

示例②：

我喜欢花木兰返家后被略写的故事情节，使人充满想象，特别有意思。花木兰身着衫裙，走出家门，与战士们相见。战士们心想："这位姑娘跟花木兰有几分相像，难道是他的阿姊或妹妹？"一名战士问道："这位姑娘，你跟木兰长得很像，想必是他的阿姊或妹妹吧？"花木兰见无法再隐瞒下去，只得说出真相："我就是花木兰。"在场的战士们一怔，猛地瞪大眼睛看着眼前一身女子打扮的花木兰，恍然大悟——原来花木兰是女儿身！想想这几年和花木兰并肩战斗，竟从来没发现她是个女子，真是令人惊奇啊！了解了事情原委，大家都为花木兰代父从军、为国效力、不求名利的精神所感动，大大赞扬了花木兰的可贵品质。

4 示例①：

我阅读《胭脂山》这个小故事时，了解到包公在天长县任知县时，看到县城里有一座黑土山，于是就想出了栽树治山的好法子。待到几年后的春天，"满山的桃花开了，像极了城中百姓的笑脸，孩子们盼望吃上自己种的桃子，就像盼望着甜美的好日子"。通过两个比喻句，我眼前仿佛闪过了黑土山变成秀丽的胭脂山以及百姓欢欣雀跃的画面，更加体会到包公是一个为民造福的好官。

示例②：

在《包公巧断案》这个小故事中，包公让每个人都往盆子里丢一个铜钱，从而找到了那个偷铜钱的小偷。通过对包公办案时的语言描写，我感受到了包公智慧过人、断案如神的特点。

阅读任务三：思辨性阅读与表达

摘录语句	分享感悟
那时候，他们建造了坝子，全族人生活在一起，白天男人们出去打猎捕鱼，晚上女人们唱歌跳舞，日子过得又自在又快乐。	简单的几句话勾勒出傣族人民日出而作、日落而息的自在生活，让读者更直观地感受到他们生活的美好。
过了一年，诸葛亮打了胜仗要离开了，傣家的男女老少都把家中最好的肉干、最珍贵的兽皮拿出来送给诸葛亮，并且含着热泪，依依不舍地送了一程又一程。	这句话通过傣族男女老少送别诸葛亮的情形，侧面写出了百姓对诸葛亮的喜爱与不舍。“最好”“最珍贵”“含着热泪”“依依不舍”可见诸葛亮深受百姓爱戴。
草棚矮，住高房；斜屋顶，竹子墙。	这句话是诸葛亮临走前留给傣族人战胜困难的“法宝”，实际是诸葛亮实地考察傣族人的生存环境，为傣族人提供的改善生活环境的好法子。短短十二字，蕴含着诸葛亮的智慧和为百姓考虑的用心。